● 赵永河 著

石油工業出版社

图书在版编目(CIP)数据

时代乐章 / 赵永河著.—北京: 石油工业出版社，2014.8
ISBN 978-7-5183-0278-9

Ⅰ. ①时…
Ⅱ. ①赵…
Ⅲ. ①纪实文学—中国—当代
Ⅳ. ①I25

中国版本图书馆CIP数据核字（2014）第142191号

时代乐章

出版发行：石油工业出版社
（北京安定门外安华里 2 区 1 号 100011）
网 址：www.petropub.com.cn
编辑部：（010）64523558
经 销：全国新华书店
印 刷：北京中石油彩色印刷有限责任公司

2014 年 8 月第 1 版 2014 年 8 月第 1 次印刷
730×1060 毫米 开本：1/16 印张：11.5
字数：167 千字

定价：32.00 元
（如出现印装质量问题，我社发行部负责调换）

精神的文学捍卫和坚守

Preface

孟繁华

读到赵永河先生的报告文学集《时代乐章》，不禁想起，报告文学在20世纪80年代曾经名重一时，它的风头时常在小说之上。那个时代不仅涌现了无数著名的报告文学作家，更重要的是，那个风起云涌的大时代，为报告文学提供了取之不尽的创作资源，理想主义的时代氛围在那个时代浓重而热烈。在这个意义上，我们对那个大时代怀念无比。相比较而言，报告文学在当下的命运几乎恍如隔世，在影像或读图时代，那些彰显基本价值观念或道德理想的文学作品，已被视作明日黄花，它们生不逢时地被忽略和抛弃了。在这个意义上，以影像为代表的大众文化，是带着它们的价值观进入这个时代生活的。也正是在这个意义上，我们才对消费主义霸权掌控下的大众文化充满了警觉。但是，无论大众文化以怎样的方式进入生活，事实上，基本的价值观念和革命理想主义情怀，仍有人在痴情地捍卫和坚持。

现在，我品味赵永河先生的报告文学，就是这样一部作品。赵永河先生长期工作在石油基层企业，他对石油企业的基层生活不仅熟知，而且以报告文学的方式长久关注。在这个激情燃烧的生活领域，像著名的玉门油田、大庆油田、胜利油田、辽河油田等大油田，都曾孕育和造就了无数的时代英雄和模范人物。与时代相适应，也产生过无数激动人心、高奏主旋律的报告文学名篇佳作。《时代乐章》就是这样的力作之一。

在赵永河先生的笔下，那些与祖国同呼吸、共命运，痴情探索油海奥秘的老一代知识分子的坎坷经历和默默奉献，那些气势磅礴、艰苦卓绝的油田会战场景，那些在东北的“南大荒”上满怀期望又坚毅面对艰难困苦的“找油人”，栩栩如生地跃然纸上。他们是共和国普通的知识分子、普通的男女工人。在荒芜的油田上，他们曾度过无数困难重重或孤独寂寞的日子，乃至献出了生命，但却鲜为人知。是赵永河先生书写和记录了这些昔日英雄。在当今时代，这些英雄被关注的温度似乎不再那么高，他们身后的落寞也许赵永河感受最深。但我坚信，这些已经成为我们重要精神遗产的时代英雄，一定还在怀念他们的人心中永久地活着，他们的精神和价值观永远不会死去。

我非常欣赏的是赵永河先生在这些报告文学中奔涌的激情，这种激情一泻千里不可遏止。这当然与这些作品产生的年代有关，但更与赵永河先生内心坚持的文学操守和价值观念有关。在大谈“纯文学”和文学性的年代，已经不大讲求是非和立场了。但在我看来，特别是在转型或价值观念大变动的时代，是非观念和价值观念的重要性，要远远大于所谓的“纯文学”要求。这个看法与文学的功能观有关。如果我们还认为文学是潜移默化地作用于世道人心，是为了提升人的精神世界或道德理想的话，那么，包括报告文学在内的所有文学作品，都首先应该在这个意义上不能后退。这是文学还有意义于社会的最后底线。虽然我也注意到赵永河先生作品的文学性，比如在叙事、议论、描写技法或语言修辞上的功力，但我更欣赏的是他的价值观给我们带来的震动和鼓舞。也许这就是他的报告文学最大的价值。

在能源成为全球瞩目和争夺的稀世珍宝的当今时代，石油产业不断成为吸引全球目光的焦点。《时代乐章》有些篇章记录报告的虽然已经成为陈年旧事，有些篇章记录报告的是还正在发生的事情，但这些石油人所经历的一切，都将为历史所传承、所歌颂，那些悲壮、理想、献身和国家民族利益高于一切的情怀，一定还会激励年轻和不年轻的人们。

2007 年 5 月 28 日

于中国文化与文学研究所

孟繁华，北京大学文学博士，中国文化与文学研究所所长，中国当代文学著名评论家，《文学评论》编委。

自序

Preface

出版这本集子，更多的是想了却我这个游子回报第二故乡的心愿。

2005年9月，一纸任命，调我到北京工作。这对已知天命、在辽河油田工作生活三十年的我，要换个环境从头开始。尽管我毫无思想准备，但还是以服从为天职。时光无情，既不停顿又不能打折，一眨眼，进京三年。这期间，对给我充足养分、哺育我成长的辽河油田的情感一直难以割舍。

那是一块神奇的土地，有很多的世界著名和国内一流：一望无际的绿色苇田、金色稻田和独具特色的稠油高凝油田，英姿各展，交相辉映；美丽旖旎的红海滩、自由翱翔的丹顶鹤和盛产的盘锦大米、中华绒毛蟹，争相媲美，和谐共生。

那是一块灵秀的土地，迄今发生的好多故事和历史人物的出现，让你感到这块土地确实具有传奇性色彩：唐王东征路过于此，醉蟹的故事至今让人们津津乐道；甲午末战在这里的古镇田庄台打得惨烈，烈士的英名永存；奉系军阀张作霖虽在这里呱呱坠地，却难以立锥，草莽绿林，死于日本人的诡计中，也算得上壮烈。新中国成立以后在党和政府的领导下，这块土地在演绎自己的价值中更富有灵性，在为国家创造了巨大的物质财富和精神财富的同时，还保护过"文革"中受极"左"路线迫害来这里"劳动改造"、走"五七"道路的大批中央和地方的高中级干部，他们复出重新工作后又大都成为党和国家的栋梁。这里还孕育出许多时代英才，包括共和国的将军、部长，乃至党和国家领导人，顶级的作家、艺术家、新闻家和运动员、教练员——

物华天宝，人杰地灵。

我对这里爱得深，爱得忠诚，这本集子中记录了我三十年对这里爱的认识和体验，篇章字句，浸透着我对这儿的一草一木、一井一站和独具韵味的地理、人文和风情的热烈赞颂，饱含着对这儿朴实忠厚、可尊可敬的工人师傅、英模人物和各级干部虔诚讴歌的深情，浓浓的油情、友情、亲情和乡情里，留下的是一串串脚步一个个身影，一份远行的游子对这片土地炽热的眷恋，带走的是这片土地对自己的声声叮咛和不变的厚爱！

言为心声，是为序

赵永河

2008年5月23日

清晨于北京

目录

SHIDAI YUE ZHANG
时代乐章

第一乐章

创业奏鸣曲

他们普普通通、朴朴实实、默默无闻、任劳任怨，然而正是这些淳朴不过、甘愿奉献的劳动者，付出在基层、战斗在一线。他们，用自己伟岸的身躯挑起了中国脊梁。

南大荒上找油人

这儿，曾经是有名的辽宁的南大荒——昔日荒凉冷寂、大雁落脚的地方。如今，变了！变了！变得令人刮目相看了：一座座高高的钻塔，峰触云端；频频点头的抽油机深情地向大地致以忠诚的敬礼；敞怀待饮的具具储油罐，银光粼粼，一展英姿；条条平坦宽阔的柏油路把十几个大油区紧紧搂在怀里。

面对这儿巨大的变化，我震惊了。还是在孩提时，父辈们就常叨咕过，新中国成立前这儿是有名的“胡子窝”，历史的长河中曾记录了女真人的金戈铁马和奉系军阀张作霖的第一声啼哭。弹指一挥间，这草莽英雄出没的地方，更增加了历史的厚重。

如果说南大荒上奏响着一曲恢宏的时代交响乐，那么，找油人就是这交响乐主旋律的演奏者。在辽河油田的地质展览馆里，一位两鬓染上白霜的老地质师津津乐道地向我讲述着，那是在 17 年前，石油勘探队员踏上这片土地。隆隆的炮声唤醒了沉睡的大地，轰鸣的钻机送走了千古的沉默。南大荒的地下献出了万年的宝藏，到现在已经给国家生产商品原油 4100 多万吨、天然气 100 多亿立方米。党的十一届三中全会以来，原油产量由 1977 年的 254 万吨增加到 1983 年的 610 万吨，成为我国的重要石油生产基地之一。它，为我们伟大祖国建设的宏伟画卷抹上了明媚的色调。如果把石油比作黑色的金子，那么，英雄的石油工人为祖国拼命找油的精神不是比金子还要贵重吗？

我们要歌颂的就是挑起共和国脊梁的人，即是从骨子里真正爱国的人，最淳朴不过的人。他们是优秀的中国人。

1983 年的春天，32768 钻井队在海滩开钻打井。一天，海潮突然袭来，汹涌的白浪像小山一样呼啸而至，一下子淹没了井场。“保护钻机！”队长彭德福振臂一呼，全队 20 多名工人没有一个退却，奋不顾身地跳进激流里。海潮稍退，他们就开始围堤筑坝。然后用水桶、脸盆一下一下往外淘水。他们在海水中整整战斗了 13 个小时。不等水淘净，钻机就发出了欢快的轰鸣声。

在素有“钻井先锋”之称的 3285 钻井队里，有位 53 岁的张启智老师傅，他在井队干了 30 多年，由他参加打出的油井进尺就有几十座珠穆朗玛峰高。当我在井场上见到这位长者时，只见他工衣上溅满了油渍和泥浆，头上戴着安全帽，身上背着一个工具袋，手里拿着大扳手，这扳扳，那拧拧，总是闲不住。别看他已年过半百，可不一会儿又攀上 30 多米高井架的二层平台上了。当他从井架上下来时，我问：“张师傅，你咋不到二线享享清福呢？”他憨厚地一笑说：“趁我还能干得动，多参加打几口井，给国家多拿点油。”话音刚落，一位冒失鬼接过话茬儿说：“要不是张师傅去年及时查到顶天车的隐患，说不定就会酿成一场大祸。”

我沿着一条通往油田深处的弯曲小路，来到一座乳白色的井房旁，年轻的采油姑娘们把辽河油田劳动模范、采油站长尹宝山的动人事迹讲给我听：他，年仅 24 岁。别看他身材细瘦，个头儿不高，肩上却挑着管理 25 口油井的担子。整天在芦苇荡里离不了管钳、油嘴、压力表这三件东西，他和伙伴们并不觉得孤独和单调。像眷恋大海的鸥鸟一样，他们深深地眷恋着油井，探索着科学管理的奥秘，使口口井都达到一类井管理的水平。去年，油区打调整井，注水井全部停注，油井压力下降，产量锐减，他硬蹲在井上三天三夜，做了 10 多次试验，使 5 口关停的油井又恢复了生产。为保持地层压力，他查阅了 7 口井 1100 多个数据，增产原油 8900 多吨，成为采油战线的新秀。

她，叫张凤梅，辽河油田兴隆台采油厂采油五队的炊事员，一个虽年仅 34 岁却演奏了 13 年锅碗瓢盆交响曲的人。

她虽是一个普通人，但却声名赫赫：全国工会积极分子的名单上、辽河油田劳动模范的光荣榜上，都印着她的名字。

下面，只是我在采访中听到的几个音符。

采油五队的炊事班有个好规矩：常年给上小班的工人送饭，这个规矩始自张凤梅。原来只是夏天送，其他季节不送，工人回家吃饭。于是，一些人就找“提前量”，不到点儿，站上的个别人就走了。张凤梅想：人是铁，饭是钢，将心比心，责任不全在工人。她向伙伴们建议：改夏季送饭为四季送饭，一天两趟，大家一致赞成。打那以后，她们每天中午和下午总是提前把饭菜做好，骑自行车，赶在队上开饭前，及时把饭菜送到 5 个站的每个小班工人手中。春天，风沙吹得她们睁不开眼，骑不动车子，她们推着；秋天，大雨浇得她们湿透衣服，她们挺着；冬天，严寒冻得她们手脚像被针扎一样疼，她们忍着。而那距离决不像张凤梅说的那么轻松——几步道，实际距离是每天往返 60 里。当她回到家时，爱人已经把饭菜做好，和她开玩笑：“有福的，又回来吃现成的。”张凤梅也笑了：“我选你当模范丈夫还不行吗？”两个“宝贝”却不高兴了，噘着小嘴：肚子里都打仗了。

采油五队驻地离渤海火车站近，交通方便，队上职工的亲友来队较多。每次来人职工总是要花很多钱买罐头，或者去饭馆与亲友团聚。张凤梅看着大伙把钱像流水一样花了出去，吃得又不好，替他们心疼。于是，她在食堂加了招待亲友点菜单炒的服务项目。每当职工的亲友们来队时，不用出门，花上几元钱，就可摆上几个炒菜。一天，已是中午十一点半了，一名工人来食堂点菜招待亲友。当时食堂没有现成的菜，张凤梅先忙乎开了职工的午饭，然后骑上自行车到 3 里以外的市场买了几样菜，回来用最快的速度炒了四盘菜，端到工人和他的亲友面前。那位亲友赞不绝口：“太方便了，比家里还方便。”那位工人一拍胸脯：“咱油田，绝对行！”

张凤梅不懂当下时兴的什么“情感投资”，什么“凝聚力”，她只知道她们二线的任务就是让一线的小伙子们感受到集体的温暖，安心采油工作，多采几吨油。她把十几名家在外地的青年职工生日记得清清楚楚，并写在日历上。到日子，就给他们端上“长寿面”，另加上炒菜，祝他们年龄长一岁，工作进一步。一次，青年职工小李回义县探家，归队后，张凤梅问：“在家过生日了吗？”小李哎呀一声：“回家太忙，忘了。”“咱补上。”张凤梅立即煮了一碗鸡蛋挂面端给他，小伙子几乎热泪盈眶。

当我结束采访离开采油五队时，正遇上几个采油姑娘手拎样桶说笑着从食堂出来，叽叽喳喳地上井去。微风一吹，送来食堂那边的浓香，送来叮叮当当似交响曲的声音。

在茫茫苇海的深处，还绽开着一朵朵鲜艳的石油花——那是采油姑娘美妙的青春年华。这花中最鲜艳的一朵，要属采油女工张春华，她是辽河油田第一代女洗井工。人们都说洗井那活又脏又累，根本不是女同志干的。可小张不信那个邪，在别人没有走过的苇荡里，用扎扎实实的步子，踏出了一条曲折幽深的小路。每天工作10多个小时，热洗7口井，脸上、身上全是油，简直就是一个“油丫头”。她终于使落后的采油站面貌焕然一新，不仅征服了油井，成为全油田响当当的油井“女大夫”，也向亘古荒原宣告——女人，你的名字不是弱者！原来那些戴有色眼镜瞧她的人，这下子也服了。

像尹宝山、张凤梅、张春华这样的采油战线的典型，在百里油田不胜枚举。他们，像蜜蜂酿蜜一样，从一个井站到另一个井站，默默地酿造着生活的甜蜜……

是啊！正是有许许多多这样的找油人、创业者，那久藏地下的“油龙”才能出来欢歌曼舞，那沉睡的荒原才能焕发勃勃生机，我们祖国960万平方公里的土地上才有了开不败的石油花！

（1983年发表于《辽宁日报》）

黑色的诱惑

一

SHI DAI YUE ZHANG

> 虽然他们不可能是历史的操纵者，但他们毕竟是历史的创造者。比起在农田里辛勤劳作的农民、穿梭于集市间的商贾、孤灯下苦读的学子，中国的石油工人对历史的责任更沉重。

初秋时节，我们在辽河油田采访。迎面闯进眼帘的，是一座座直插云端的钻塔，一具具偌大的储油罐，一列列飞驶而去的运油列车，一条条四通八达的柏油马路和星罗棋布的采油井站。同这些相映衬的，是一栋栋拔地而起的住宅楼，高大宽敞的俱乐部和遍布生活区的托儿所、学校、商业网点……这一切，构成了一幅光彩夺目的现代化石油城的壮丽景象。这儿，一扫昔日的荒凉，已经建设成为有3000多口油气井、注水井，累计生产原油4400多万吨、155亿立方米天然气的赫赫有名的大油田。

二

SHI DAI YUE ZHANG

那是20世纪70年代初，油田会战伊始的年代，几万名石油工人遵照国务院发布的命令，从祖国的四面八方汇聚盘锦，满怀“我为祖国献石油，哪里困难哪里走”的豪情壮志，开始了艰苦的夺油会战。

石油工人在这沼泽苇荡里支起了帐篷。阴雨连绵季节，外面大下，帐里小下。有的人睡了一晚上，第二天一早，找不到鞋子——被雨水冲走了。

严冬来临了，漫天飘起鹅毛大雪，人们蜷曲着身躯挤在一块，度过漫漫寒夜，第二天继续向地层开战。

那时候，石油工人心中燃烧着一团火，一团多出石油、支援国家建设的旺盛之火。你听吧！在那荒寂千百年的大地上，在那困难重重的条件下，到处都是向地层进军的机器轰鸣声，到处是“高举红旗去战斗，踏着铁人脚步走”的昂扬歌声。

历史进入了20世纪80年代，辽河油田的石油工人已经为国家建设成一个初具规模的大油田。他们的工作、生活条件已经发生了很大变化。但是，他们那种奋战夺油的拼命精神没有变。

SHI DAI YUE ZHANG

三

1981年初，祖国大地沉浸在新春的欢乐之中。可当时辽河油田人的心中像压着一块铅。原来，油田经过十几年的勘探开发，用老技术、老方法、老工艺容易找到的地下储量基本都找到了，个别采油区产量出现下降趋势，新增地质储量也不多。第一季度，油田没有完成国家生产计划。面对种种困难，各种议论纷纷而起。

“辽河的石油找光了，准备往外地搬迁吧！”

“向国家讲讲难处，要求减少原油生产任务吧！”

油田各级领导干部首先在困难面前振奋起来：局领导们跑遍了几十个基层单位，调查研究，掌握情况。局党委一次次召开科技人员技术讨论会、地质论证会。在大量科学分析的基础上，召开了全体干部大会，引导大家开阔眼界，振奋精神。干部们通过分析讨论看到，前些年，辽河油田虽然做了大量的勘探开发工作，但是，由于这里是一个典型的断块油田，油层破碎，地质条件复杂，更复杂的地质现象我们还没有认识，还有许多新的找油领域没有去探索，老油田也有待进一步挖潜。

油田党委适时地向职工发出号召，要解放思想，讲究科学，寻找新的地质储量，打开油田勘探开发新局面。这一号召，道出了干部工人的心声，人们纷纷行动起来了。

地震解释人员赶赴勘探第一线，用新的技术，对过去认为没有找油希望的沈阳大民屯凹陷重新详查。

地质和钻井科技人员向一般地质理论认为没有生成石油条件的花岗岩构造发起进攻，去寻找古潜山油藏。

科学技术研究院的同志们翻箱倒柜，复查了几千口井的老资料，向老油区“挖宝”。

在这些激动人心的日日夜夜里，研究室里彻夜不熄的灯光，陪伴着科技人员繁忙的身影，钻塔旁洒下了科技人员的滴滴汗水，田野里留下了地质勘探人员行行跋涉的足迹……

SHI DAI YUE ZHANG

四

“向科学技术进军，向科学技术要油”，这是广大干部工人提出的响亮口号。在采访中，我们无不感受到他们学习科学技术的热忱。

夜幕垂临，在局办公大楼会议室里，我们看到紧张工作一天的局领导们，静静坐在一起，认真地听专家讲授微电脑技术。

在高升、曙光、欢喜岭等稠油富集的油田，我们看到科技人员运用国外先进的蒸汽吞吐采油技术，进行开采稠油攻关，电热、蒸汽降黏……沉睡于地下的稠油乖乖喷出地面。

去高升采油厂采访时，我们看到 1984 年辽宁省“五小智慧杯”竞赛获奖的名单上有一个名字：陈秀东。

而陈秀东的名字印在这个获奖名单上又是和“扶正块夹具”

▶ 原石油工业部部长，时任辽河石油勘探局党委副书记、副局长、总地质师的王涛同志（右一），70年代初和工人一起扛油管。

这个陌生咬嘴的名词连在一起的。

过去组装封隔器，先要上扶正块的弹簧。一个封隔器有 4 个扶正块，每块则有一个用双手使尽全身力气都按不下去的弹簧。陈秀东和伙伴们每次组装封隔器，都得绑上绳子，几个人同时用力把弹簧勒压下去。组装一个封隔器得用七八个钟头，稍不注意，弹簧飞出还要伤人。小陈心里暗下决心，一定要设计一个简单而又能卡住扶正块的夹具，既省力、提高工效，又没危险。

下班回家的路上，他低着头，边走边设想他的设计方案。吃饭时，把饭拨到嘴里，眼睛直勾勾地，嘴不动。媳妇说："啥心思这么重，吃完饭再琢磨还不成啊？"他这才动了几下嘴巴，把嘴里的饭咽了下去。

不知有多少次了，东方已呈鱼肚色，他还一个人在车间里拆了装，装了拆……

爱人和孩子早已进入了梦乡，他躺在床上翻来覆去怎么也睡不着。蓦地，他从床上坐起来，开灯，叫醒了爱人说："有办法啦！我去找任技师、找贾工论证一下。""你看几点啦，贾工就不睡觉啦？神经病！"妻子不耐烦地说着。但是，年轻的妻子毕竟是理解他的，她让秀东先把那"绝招"讲给她听。而他却像在讲给任技师、贾工一样，津津乐道地边讲边用手比划着："这不，原来是4个螺丝，力不够，又卡不全扶正块，所以不好用。如果再打4个孔，加上4个螺丝，不就好用了吗！"妻子说："好！先睡觉，明天再试吧！"

这一夜他翻来覆去没有睡着。

还差十分钟才是上班的时间，他已经来到了工房。

夹具试验终于成功了。打这后，他们组装一个封隔器只用15分钟，并且再也不是汗流浃背了，人们心中那种不安全的忧虑烟消云散了。

一天，为高升采油厂稠油开采技术服务的美国贝克封隔器贸易经理安德森赶到了。以前，他曾看到小陈和他的同行们费力而又危险地操作，那时他同情地说："这太费劲，我们的国家有液压的夹具，买一个，只要一万美元。"

而现在，当小陈和他的伙伴们用改制后的夹具做了一次简单省力、又没危险的现场组装表演时，安德森吃惊了。他那照相机似的眼睛，对准了小陈他们的试验现场，连声说："OK！ 0K！"

在钻井井场，我们看到钻工用粗壮的双手摆弄起了高压喷射、低固相泥浆、高效率钻头等新技术。工人说："打井也要既讲干劲，又讲科学。"现在，他们采用先进技术已经使钻井速度翻了一番。

地震地层学技术是当代国际上新发展起来的一种新技术。这种技术就是直接用地震方法，结合钻井资料，研究地层沉积、岩性以及有利圈闭，寻找各种油气藏。1981年，油田引进这项新的技术以后，物探指挥部研究所综合研究室的30多名同志各自确定了攻关专题，也就是从那时候开始，这些同志就没有了节假日、休息日这个概念。

已经到了农历十二月二十八了，路久华、贾玉平、于克健等几位工程师还在昼夜查阅资料，分析数据，把置办年货的事忘得一干二净。后来局领导知道了这一情况，为他们从生活部门特批了一部分年货，这些同志才过上了年。有三位家在北京的科研人员与室里其他同志一起到北京听外国专家讲地震地层学技术，三个人专心致志学习，竟路过家门而不入。紧张的学习和工作，把研究室主任路久华累病了。同志们经常看到他忍着心绞痛的折磨，一边捂着胸口，一边工作，直到住进了医院。在病床上他仍继续攻读国外《地震层状构造理论》，写出了《地震地层解释在探寻隐蔽圈闭中的初步应用》学术论文，获得有关部门的奖励。经过刻苦学习，研究室的同志们掌握了地震地层学新技术，并利用这一技术发现了大民屯凹陷中部花岗岩古潜山，找到了储量丰富的油气藏。

夕阳收尽了最后一抹晚霞，我们于辽河油田新建成的办公大楼上纵目眺望。油田那浩如繁星的万盏灯火，宛如镶嵌在辽河之岸的一颗颗明珠，同满天繁星交映争辉。职工俱乐部里，文化娱乐室里，家家户户的电视机前，不时传来阵阵歌声、欢笑声。油田职工用艰苦的劳动为国家开采出了石油，也创造了自己的美好生活。

远处，汽笛长鸣，又一列满载着原油的列车向远方开去。此时此刻，我们心中油然涌起一番感慨，用什么样的词语，才能详尽恰当地来表达对石油人的致意呢？

（1983年发表于《辽宁日报》）

万马战犹甜

千百年来，大凌河、绕阳河之间的大平原，芦苇丛生，荒无人烟。如今，已成为全国石油勘探开发的主战场。会战大军，从四面八方汇来，打响了这场声势浩大的欢喜岭油田建设大会战。十几天里，一座大型的联合站拔地而起，一条巨龙般的输油管线在茫茫的苇荡中蜿蜒伸展。最近，记者到这里采访，顿时融化在那火热的会战场面中。

和时间赛跑

SHI DAI YUE ZHANG

辽河油田欢喜岭地区，原油储量丰富，勘探面积广阔，是大有希望的油仓。1978 年 11 月 30 日，石油工业部张文彬副部长亲临这里现场办公，明确指示，要加速油田的勘探、开发和建设，在 12 月 25 日前建成外输工程。这是实现石油工业新跃进的重要决策。

数九隆冬，搞这么大的外输工程，工期只限 20 天，困难！可会战英雄们的回答是："坚定不移，抢点运行！"

这豪迈的话语，正是会战职工的共同誓言。

> 在我们祖国有多少像他这样普普通通、朴朴实实、默默无闻、任劳任怨的劳动者，这是社会和经济发展、人类文明进步坚挺的磐石。

抢在 25 日前，矿建一中队打 5000 立方米大罐沥青砂基础，一号罐一天，三号罐半天，工期整整提前了 3 天。

抢在 25 日前，管道局三公司防腐一厂使用简陋设备，动脑筋，想办法，创造了一天防腐 112 根钢管的好成绩。

抢在 25 日前，油建二部二中队打变电所地圈梁时用了一天。打上圈梁时，同样的工作量，只用了半天，效率提高一倍。

看到这一个个高纪录，谁还会怀疑这里的工程不能正点呢？

打好现代化基础

正在加速建设的欢喜岭油田，将是一个现代化大油田。参战的职工们说：“施工留隐患，等于往现代化油田上安定时炸弹。”工程的建设者们，丁是丁，卯是卯地干保险活，坚决为施工质量的百年大计负责。

夜幕降临了，七级瓦工杨全义，还在工地上东转西看，检查验收当天的工程质量。自从领导指派他抓工程质量以来，他不辞辛苦，早起晚睡，到工号上落实“三检制”，督促把“三关”。有一回，他发现油泵房工程有隐患，就盯在那儿，让施工单位返工十几次，直到合格才了事，被人们誉为严把质量关的“铁青脸”。

欢二联开工炮一响，木工队小队长刘焕武，就把质量挂心上了。打地圈梁时，他连续 3 天盯在工地逐项检查，每天都干到夜里两点多。一次，他看到变电所基础槽浅挖了 80 公分，立即跑到队部向领导汇报，避免了一次质量事故。

学徒瓦工苗水文，一天上午收工时，发现自己刚砌的砖墙有点外胀，吃完午饭，放下饭碗，就返回工地整改了。有人说："胀一点是小毛病，不碍事。"可小苗说："咱打的是现代化基础，分毫都不能差！"为了干保险活，小苗从那以后，不论天多冷，从不戴手套砌砖，质量都达到墙面垂直度正负为零的标准。

会战的英雄们，正是以这种为祖国、为人民高度负责的精神，不仅夺得高速度，而且也创造了高质量。前不久，会战指挥部组织了质量大检查，检查了油建二部施工的 8 个大墙身、16 个点，全部合格，其中 12 个点达到正负零。墙角平度抽查 22 个点，全部合格，其中 18 个点达到优良。丁字缝检查 18 个点，全部合格，其中 15 个点达到优良标准。管道三公司焊接的河底穿越管线，26 道焊口，探伤合格率达到百分之百。

一切为了前线

SHI DAI YUE ZHANG

"一方会战，八方支援"，这是石油工业多少年来的光荣传统。今天，它更加发扬光大了。

从会战大军踏上新区以来，各兄弟单位都像当年支援大庆会战那样，给予了大力支援。

会战急需构件，华北油田的领导说："辽河没有，我们有。"立即派 30 辆车，昼夜兼程奔赴前线。

欢二联投产，急需外输泵，江汉油田马上派赵家祥等 6 名同志开 3 台车，从长沙水泵厂载 3 台泵，急运辽河。江汉——长沙——辽河，路经 3000 多公里，6 名同志昼夜兼程，废寝忘食，终于按期赶到了工地。

一切为了前线：管道局派专车从廊坊拉来预制弯头；海洋指

挥部专车送来了318无缝钢管；焊接炉子用的特殊设备，上海办事处也专门派车送来……

大雪纷飞，北风凛冽。节骨眼上，大港油田的慰问团来到前线。他们带来了鸡鸭鱼肉、烟酒糖茶。一股暖流，后方职工的心意，使会战职工又增添了巨大的精神力量。

当我们结束这次采访时，看到工地上火热的劳动竞赛又掀起了新的浪潮。工地中心标志着工程抢点、正点、晚点的高大擂台上，鲜艳的战旗迎风飘扬。广播喇叭中传出喜讯：高纪录又被刷新，新战果不断涌现。目睹这一切，我们油然想起毛泽东同志的光辉诗句“奔腾急，万马战犹酣”，不正是对这会战疆场的生动写照吗！

（发表于1978年）

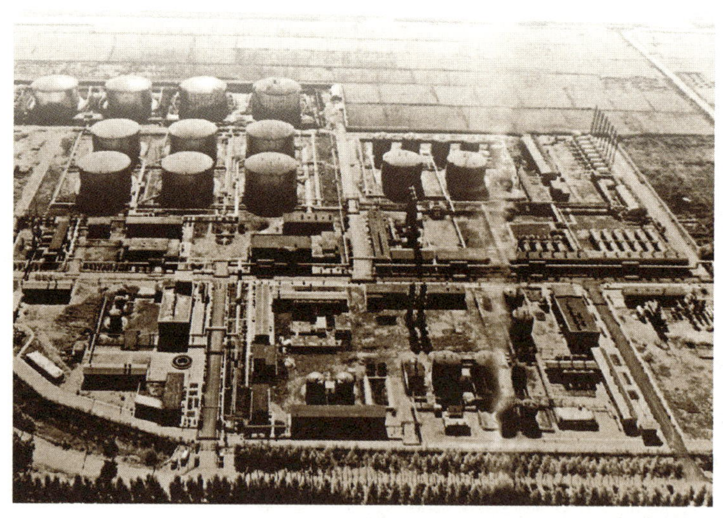

▶ 高凝油联合站。

为了美好的愿望

管钳、链钳沉甸甸，十八磅榔头抡不完。

冬天烟熏火又燎，夏日弯腰一身汗。

一日一副工手套，整天腰疼腿又酸。

仅仅是刚刚过去的昨天，这便是辽河油田供应处套管厂落后的生产工艺和工人们繁重的体力劳动的真实写照。4个月前，这个厂职工响应党“向四化进军”的号召，开展技术改造大会战。仿佛是在人们的汗水和智慧中注入了催化剂，一夜间，便结出了丰硕的果实，在120天内完成了套管探伤、试压双线半自动化生产。我们用饱蘸感情的彩笔录下了那一幕幕动人的情景，那一个个普通却又感人至深的心灵！

普通人的劳动平凡而伟大，国家的进步，社会财富的积累应该写在他们的脸上。

“贿赂”职工的“头头儿”

SHI DAI YUE ZHANG

科技科副科长王振峰，是一个有20多年油龄的“老石油”，性格爽朗，讲话条理清晰，干脆利落。任电石厂厂长时，领着工人搞成电石生产机械化，别人评价他“科学细胞比别人多些”。1978年11月份，供应处成立科技科时，党委选中了他。一上任，老王就肩负改造套管厂的重任，带人15天内，关里关外跑了8个地方取经。回来后，技术改造方案便很快形成了。会战打响后，他担任了领导小组的副组长，带着全科同志一头扎到会战里。会战的组织、人员食宿等杂七杂八的所谓事务性工作全归他管，成天东跑西颠，脚打后脑勺。初春的一个夜晚，技术改造会战到了最紧张的时刻。人们疲惫得连吃饭都提不起精神，只要放下干活的工具，便可以听到阵阵酣睡的声音。得想个法啊！老王跑到临近的女儿家，拿来奶粉和香烟让大家提提神。大伙说：“难为头儿想得这么细，就为这咱也得玩命干，不就是掉几斤秤吗？”这一夜，办公室的灯一刻未熄，人们连眼睛也没有合一下。

套管厂车间。小滑车按照指令，伴随着电机声响向前滑动，准确地上卸套管的护丝。自动上卸护丝机，成功了！

这是会战中的尖端项目。前几年，一所大学的师生曾在一家套管厂设计过它，图纸堆了一尺多厚，但终因工艺复杂未敢加工而告终……谁能想到，最终完成这项设计的，却是一个年轻的钳工呢？

他叫李春成，从 1976 年起，小李心中就孕育着这一革新方案。当套管厂技术改造还未上马时，小李私下已经开始鼓捣了。党支部支持他，钳工小朱也来搭伙，俩人一块干了起来。可是两个人没学过力学，不懂公差配合，也不会画图，要革新谈何容易？“小初中生，坐飞机吹喇叭——响（想）得挺高呢！”他们顾不上理会这些，头不回，步不停，早起晚睡，翻阅资料，请教探讨。在空旷的厂房里，装了拆、拆了装……一次不行两次，两次不行三次，20 多次的反复设计，他们终于找到了诀窍，利用偏心张力的原理，成功了！成功了！俩人一溜小跑向同志们报喜。

大器晚成的“秀才”

SHI DAI YUE ZHANG

看到其他同志相继拿出了自己的设计方案，有一个人却坐立不安起来。他在屋里直打转，大口地吸着烟……这人叫杨铁钊，北京石油

▶ 工人们在讨论闸门安装工艺程序。

学院的高才生。刚毕业时，初出茅庐，想一展身手，却赶上个动荡的年代，一晃就是十几年。“四人帮”被粉碎了，科学春天的明媚阳光照耀着杨铁钊那块没有干涸的心田。这次会战，他勇挑重担，负责机械手的设计，这也是他毕业后搞的第一个大的项目。短短的一个星期，他搞出几种方案，遗憾的是机械手只能直线运动，不能旋转。这机械手是配合自动上卸护丝用的，没有它，自动上卸护丝机就无法“自动”。就差他这一关了，他怎能不急？他的大脑和身体一起处于高速度的运转之中。白天在办公室用笔用比例尺比划，回家吃饭用筷子比划，晚上躺在被窝里用手比划，有时眼睛盯在一处一动不动，嘴里还叨叨咕咕。5 岁的小女儿害怕了 :“妈妈，妈妈，你看我爸爸怎么啦？”就这样，用他爱人的话说，杨铁钊“疯疯癫癫”一个月，终于设计成功了能做 4 组运动、8 个动作的机械手。经加工试验，它能准确地将上卸护丝机上的护丝“拿”到传动皮带上。可他的主人还很不满意，又在研究更灵活好用、至少再多“100 型”的机械手。

还有……

套管厂有位年过半百的管工潘师傅，他没有什么令人大书特书的事迹供人歌颂，以至于我们至今都不知道他的名字。他只是默默无闻地工作着。为了不让每一处气路漏气，他经常拿着铁丝、工具，沿着管线检查。有漏气的地方，他就蹲下来，将胶皮接头捆好。这些事不是他的分内工作，也没有人安排他去做，但他做了。从潘师傅身上. 我们体会到了“主人翁”这三个字的深深含义。

瞧这一家子

这里，还传诵着夫妻双双忙会战的事儿。两口子都是本处有名气的焊工。男的叫李宝臣，性格腼腆，扎实能干，平焊技术很拿手。女的叫王海英，仰焊技术在处里是尖子。小王因患有腰间盘脱出的毛病，领导决定不让她参加会战。可夫妻俩硬是锁头看家，把孩子寄托给邻居，争着来了。晚上会战，热心的师傅们劝他们回去照看孩子，他们却说：“不要紧，孩子哭够就睡了！”

当我们结束这短暂采访的时候，不禁联想到，职工群众中蕴藏着极大的社会主义积极性，是他们赢得了这次技术改造的胜利，还将是他们，赢得新长征路上的更大胜利。

让我们衷心地祝贺他们吧！

（发表于1979年）

女子采油队之歌

红旗飘飘凯歌嘹亮，
我们的步伐多坚强。
年轻的女子采油队，
战斗在祖国油田上。

这愉快嘹亮的歌声，不能不使人们想起3年前——

> 人类世界离开了她们，就像离开了阳光和水。因此，巾帼不让须眉，自古亦言。

一

1975年10月25日，辽河油田的女子采油队成立了。年轻的队员们受到热烈的祝贺，自然也受到某些冷遇和嘲讽。不过，她们并不理会这些。从指挥部领导手中接过火红的队旗，她们用发自肺腑的响亮声音宣誓，决心把这面红旗高高举起。

这一年，冬天来得格外早，天气也格外冷。狂怒的西北风，在油田上空呼号，在油罐和井站之间乱窜。多少年来，在“老石油”里流传着一句话——“行船怕顶风，采油怕过冬。”这就是说，冬天是对采油工的考验。而这年的冬天对于新成立的年轻的女子采油队，将更是一场严峻的考验。

新成立起来的女子采油队，平均年龄21岁，平均级别零点三级（包括老顾问）。许多人刚刚离开父母，从油田职工子弟学校来到这里。还有一些人虽然在采油队待过，可以前是做辅助工作的，从没有独立顶过岗。而现在，摆在她们面前的是整整一个队的3个计量站、35口油气水井。

一次，巩瑞英和另一个同志上了十四五个小时的班（采油队三班倒、八点班连四点班），快下班时，突然发现208井的水套炉的水不多了，得赶快加水。冬天，四周的水坑、水沟封冻得严严实实，只有到两里路外的供水站去。她们挑了一担又一担，天黑路滑，摔倒了，水在裤子上结上一层厚冰。水担回来了，可她俩又不知如何打开放气阀，大部分水都流到了地上，炉子的水怎么也加不满。天快要亮了，她们急得眼泪都流了出来。毕竟还是女孩子啊！

采油工通常规定每班跑井四次，可当时她们隔一会儿就跑，每班不知要跑多少次，害怕井上出事，心里没底。原因是技术不熟练，出了问题不好处理。

当时的指导员陈静荣、队长刘晓莉等年轻的队领导，夜间常常被敲门声唤醒，从未睡过一次安稳觉。

困难，真困难啊！

事故最终还是发生了。

一次，一个新徒工在兴20井清蜡，小小的盘根打漏，而她慌慌张张去开闸门，刮蜡片掉到井里。半天工夫，全指挥部都知道了。

姑娘们决心争这口气。面对油井，她们开完现场分析会，就开始了打捞工作。

这口井坐落在稻田地里，四周拖拉机翻过的土地冻得坚硬。她们排成一排，背着沉重的钢丝，在地里艰难地移动。有好几次，刮蜡片被钩住了，但一下子又掉了下去，它似乎是在和这群女孩子开玩笑。天冷，真冷啊！然而姑娘们的胸中燃着一团火。“青天一顶星星亮……”有人唱起歌来，那歌声在寂静的星空下久久回荡。

夜深了，寒风刺骨，清冷的月光照着这些打捞的人们。她们还是排成一排，艰难地移动着步子……

经过两天一夜的战斗，姑娘们争得了这口气，刮蜡片终于被打捞上来了。

一波未平，一波又起。1976 年 2 月的一个夜晚，一个流氓分子窜到兴 25 站活动。这件事确实使一部分姑娘有顾忌了，尤其是一些家长们，他们担心自己的女儿，千方百计要她们离开女子队。同时又有人在散布了："某某油田的女子采油队就是这样黄的。"

然而，这支年轻的女子采油队没有黄，她们在斗争中锻炼得更加坚强了。

当时，祖国的天空正翻滚着乌云，真理与谬误，正义与邪恶，光明与黑暗，正在进行殊死较量。在这场更加严峻的考验面前，年轻的女子采油队的命运将会怎样?

现在的副队长王丽祥，当时 18 岁，是 25 站站长。一天，她已经上了一个零点班了，听说外输炉没有气，烧不起来，可把她急坏了。外输炉烧不起来，站上的油就输不出，大罐就要冒顶，后果就是关井停产。她急忙和队长刘晓莉跑到站上，她俩把着柴油桶，整整烧了一夜。

年轻的姑娘们，就是这样对待产量和任务的。

当时，尽管电台、报纸批"唯生产力论"的调子越唱越高，可她们始终抱着一个不可动摇的信念：一定要多产油多出气。她们月月生产达标，提前 6 天完成了全年生产任务。

人们赞美女子采油队，因为她们是傲霜斗雪、凌寒怒放的朵朵红梅。

二

女子采油队的大部分姑娘现在才 20 岁左右。"文革"开始时，她们还是十来岁的孩子，难免"身受其害"。

一天，指导员陈静荣给 10 个人出了一道题："你们都是初中毕业生，考你们一道数学题吧。”题目是“1/2+1/3=？”10个人飞快地拿起笔来,结果只有一人做对了。你难道不相信吗？可这是事实。

又有一次，地质员姜玉石还给大家出了一道题：已知液量和含水的百分比，请求出油量。结果也只有少数人答对了，你难道不相信吗？可这也是事实。

姑娘们回忆起第一个冬天吃的种种苦头，得到一个结论：本身文化水平低，导致技术水平低。一个学习技术、岗位练兵的热潮掀起来了。队上建起了练兵场,站上搞起了练兵台。大家白天练，黑夜练；岗上练，岗下练。练得热气腾腾，练得热火朝天。短短的几个月里，大见成效，全队的技术素质大大提高了。

改造流程、热洗，这些工作过去一定要顾问去做的，经过练兵，她们都学会了。

清蜡钢丝，又脆又硬，有1.8毫米和2.0毫米两种规格。一个符合标准的钢丝接头，要求不破皮，两个环鼻紧紧相靠。要打出这样的钢丝接头，不仅要手劲，更要技巧。过去，全队只有少

▶ 女子采油队队员们在讨论油井稳产方案。

数几个人勉强能打。坚决突破“钢丝接头”关，许多人手磨破了，臂膀划出一道道血印子。第一个不合格，再打第二个、第三个……功夫不负有心人，经过一段时间，全队人人都会打钢丝接头了。看着挂在墙上那一个个漂亮合格的钢丝接头，如果不知道底细，你很难相信那是出自姑娘们的手。

那时，兴隆台油田一位副指挥在女子采油队 11 站蹲点。站长胡萍觉得自己的几个班长很合手，工作也摆得顺，很有些心满意足了。可这位副指挥并不满意，一次，他问小胡：“你们跑井为什么不背工具袋？”

“背工具袋干啥？井上没有事儿，背了没有用。”

“要是有事呢？”

“没有事，我敢保证。”

看到小胡一时思想不通，这位副指挥让全站人都来讨论这件事。他问大家：“你们上井背工具袋行不行？”

“不行，不行，就是不行！”姑娘们一齐吵起来。

副指挥脾气好，他一点也不生气，耐心细致地对大家说：“你们上井应该背工具袋，应该报号交接……大庆就是这样。你们没去过大庆，我去过，我教你们做。”经过几天讨论，姑娘们思想通了，决定按照副指挥说的办。

她们认真地讨论了采油工人八项岗位责任制，根据本站的特点，制定出具体、可行的制度。她们开始巡回路线检查，开始报号交接，并为全队做了示范表演。不久，11 站的经验在全队开花了。

三

SHI DAI YUE ZHANG

年轻的女子采油队，从建队那天起，就有一个不可回避的问题。

一段时间里，队里出现了这样一种现象：姑娘们经常津津有味地议论着某某对象的仪表、长相和他的照相机。又有一次，有个姑娘和对象从沈阳回来，她打开旅行袋，人们惊讶不止，赞不绝口，对着那些“新潮”时装，投去羡慕的目光。

这到底是一个什么问题呢？

姑娘们一天天长大了，恋爱结婚，是她们必经之路。问题在于要用无产阶级的思想正确对待爱情。过去，《中国青年报》和《中国青年》杂志，经常向青年进行精神生活、理想情操的教育，而这些年对这一切都野蛮地加以封锁禁锢。在那些人控制的银幕、舞台、书籍上，关于爱情的描写统统不见了。但是，爱情这个阵地，正确的东西不占统治地位，错误的东西必然占统治地位，必然自由泛滥。这些年来，青少年犯罪与日俱增，就是一个明显的例证。不少青年人追求的是低级庸俗的生活。在他们的心目中，只有金钱、物质和个人的“小天地”；在他们的心目中，好像什么政治、什么祖国的前途、人类的理想，都没有关心的必要了。而这一切，是什么造成的呢？

女子采油队出现的这一切并不奇怪，这是社会现象的必然反映。在这种分析认识的基础上，队党支部引导青年正确对待这个问题，大张旗鼓地在全队进行思想和前途教育，请老工人、老干部、老标兵讲革命传统，组织青年学习大庆采油铁姑娘徐淑英、烈火炼丹心的好青年蒋成龙的英雄事迹。同时，联系队上一个犯错误青年的事实，在深入调查研究的基础上，有的放矢地一个一个做深入细致的思想工作，使绝大部分青年都做到了正确对待恋爱问题。许多青年工人都把精力用在学科学、学文化上，决心把青春献给祖国的四化大业。

四

在全国石油化学工业第二次学大庆会议上，石油工业部党组向各油田下达了采油队升级——成立修井作业班的战斗命令。传达动员会刚刚结束,姑娘们便纷纷涌上前去。报名的黑板被挤倒了,主持会议的金晓玲被挤到一边去了。不一会，歪歪斜斜、大大小小的签名就写满了黑板。周淑芝怕自己不被批准，专门向党支部写了保证书。大家决心做油田第一代女修井工，为创建现代化油田多做贡献。很快，党支部决定把四班倒改成三班倒，成立了修井作业班。

7 月 31 日，在 207 井井场上，修井作业班第一仗打响了。207 井是一口失修两年多的抽油机井，井下复杂，需进行检泵洗井、打捞等多种作业。在轰隆隆的作业机滚动声中,第一根油管提起来了。由于井下压力太大，井没有压住，乌黑的原油猛然呼啸而出。“井喷了，快闪开！”负责技术指导的刁师傅喊声未落，姑娘们一起向井口冲去，冒着油雨抢装井口。在作业中，王亚斌手被砸伤，鲜血直流。大家劝她回去休息，但她简单地包扎一下，又偷偷地回到井场。各个班干劲十足，你追我赶。这天，李春杰上四点班，她们一个班就起油管 62 根,下油管 84 根。修井奋战四昼夜，保质保量修出了第一口井，日增产原油 30 多吨。

第一口井旗开得胜，她们又一鼓

作气修了3口井，口口合格。

年轻的女子采油队“升级”了！她们没有辜负石油部党组的希望，不愧为过得硬的综合采油队。

学大庆无止境，攀高峰无尽头。今年，年轻的女子采油队又以井站管理优异的成绩闻名全油田。还在去年，当石油部第一次学大庆检查团来到队上时，检查团副团长邱超冒着寒风调整安全阀的情景，就给她们留下了难忘的印象。她们从这个大庆人身上看到了什么是大庆的严细作风。她们决心从零开始，从头做起，扎扎实实学大庆，迅速把油井管理提高到新水平。队党支部发动群众，开展了“定人、定井、定设备、定产量”的红旗井站劳动竞赛。姑娘们的劲头更足了。

黎明初露，11站刘东平就来到了井上。她垫井场擦设备，忙个不停，汗水湿透了衣裳。她不住地干着，早已忘记了吃中午饭。

夜幕降临了。不远处的厂基地亮起万家灯火，人声鼎沸，笑语喧哗，那里正在放映一部新电影。但在95井井场上，却有一个人在辛苦地工作着，那是管井人孙培芹。原来，白天这口井用水泥车洗井，采油树喷满了油污。但小孙毫不敷衍，她放弃了看新电影的机会，来到井上擦拭采油树。后来经过检查，过去的这口三类井变成了红旗井。

10月份，辽河油田进行了红旗井站检查评比，女子采油队所管的4个站全被评为红旗站，而这种满堂红的站全油田只有5个。油田评出32口红旗井，她们占了14口，实现了全队“满堂红”。

年轻的采油女工用她们勤劳的双手、聪颖的智慧，谱写了一曲壮丽的“女子采油队之歌”。她们把青春的岁月留在了那苍茫荒凉的苇荡，可她们青春的生命将永不消逝，与太阳同驻！

（发表于1978年）

"联营"的风采

徘徊于新闻与文学的十字路口的人，总是竖起耳朵捕捉那些能够进入作品角色、能够敲击人们思维兴奋点的人和事儿。终于有这样一个题材使我如愿以偿。

当刚刚萌发有计划社会主义市场经济的浪潮冲荡着雄鸡般古老的版图，叩击着石油企业的大门时，他勇敢地从他所在的辽河油田兴隆台采油厂供应站拉出7名"弄潮儿"，与鞍山五金交电公司办起物资联营公司。3年光景，实现销售额1810万元，创利税120万元，23名待业青年在他的公司尝到了自食其力的好滋味。于是，高连喜连同他的渤海工商联营公司名声大振。

> 如果有一天，我能够对我们的公共利益有所贡献，我就会认为自己是最幸福的人了。
>
> ——果戈理

SHI DAI YUE ZHANG

一

我慕名而来，采访高连喜。他原是采购干部，无党派人士。一米八○的个头儿，躯干魁梧，黑亮的眼睛里流露着冷静、聪慧与果断，西装革履，谈吐不凡，一派现代实业家的风度。

也许，地跨6市12县区的辽河油田所需物资均由所属供应处独家经营、二级管理、三级设库，呈现为封闭型，缺乏适应油田野战游击性建设的应变能力，使他目不忍睹。

也许，他所在的兴隆台采油厂作为辽河油田的老开发区，产量逐年递减，职工子女就业日趋艰难，家长们发出阵阵感叹，使他耳不忍闻。

也许，国家、油田、个人利益的兼而有之，使高连喜萌发了办联营公司的念头。

经与油田物资供应处和鞍山五金交电公司协商：由油田供应处提供经营计划，由鞍山五金交电公司批发，联营公司挣其差价，肥水不流外人田；联营公司实行独立核算，自负盈亏，不要企业工资、奖金及“一切福利”费用。厂里决定，所有权归厂，经营权放给联营公司，君子协定诞生了。

资金呢？一个偌大的联营公司，没有一笔巨资垫底谈何容易？

高连喜凭其特有的经济脑瓜，求得鞍山五金交电公司的鼎力相助，借用20万元作为流动资金。“20万，还少，40万还差不多！”好大的胃口，实业家的气派。他又向厂里申请借款20万元把底子铺得厚实点儿。

申请报告呈到了辽河油田总会计师郭忠范的办公桌上，稳健、精细的郭总问：“谁做担保？”“我，五年还清。”主任会计师李国章很干脆。郭总在改革的版图上选定了自己的方位，大笔一挥，批了。

于是，高连喜命运的小舟开始经历着感情的颠簸，驶出了静静的河湾。尽管有时或轻或重地摇荡，但他总是竭尽全力地驾驶命运之舟，分享着风平浪静、一泻千里的欢愉，也感受着浪拍礁阻、犹豫彷徨的烦恼……

二

一个吉祥的日子——1985年4月2日，联营公司正式开张了。厂领导表示了豁达和开明：暂不与供应站分离，3个月后责权利兑现，实行自负盈亏。

生意跑着做。这是他们摒弃传统经营思想和方法，多获盈利走的第一招棋。面对着国家部分产品下放，价格放开的挑战，高连喜风风火火地把触角伸到生产厂家，直接进货。一招走好，全盘皆活，各厂家纷纷让利。尤其在一种产品多家生产的情况下，为了争取用户，厂家不得不让利，比一般进料价格低3%。这一举动，使联营人赢得了油田的用户和市场。原来端惯了铁饭碗的7名职工平均每人分得奖金53元，比原来多拿了20多元。开始实行了工资、奖金、医药费、差旅费、劳保的自负盈亏。更使人嫉妒的是，每人还罩上了一套假料工作服。

“你这不是跟油田物资供应处对着干吗？”好心人向高连喜出示了“黄牌警告”。

其实，物资供应处还真给联营公司一路绿灯。辽河油田物资供应处处长赵大雄构思着物资管理体制改革的框架：要本着多渠道、多层次、少环节、快流通、高效益的原则鼓励各物资部门，开展竞争，放开经营，充分调动各个物资部门的积极性。因此他们给了联营公司一定的自主权和经营权，创造条件让联营公司享

受国营企业享受的有益补充。在高连喜看来，只要背靠供应处这棵大树，不愁买卖活不了，不愁油田不借力。只要严守经济法规，不偷税、不漏税，就可以“天马行空”了！

1987年4月的一天，辽河油田双增双节经验交流会在兴隆台采油厂举行。联营公司有幸接受了各路“诸侯”的检阅。高连喜有板有眼地介绍，与会者大都投去敬佩、赞许的目光。当然，也不乏审视和疑惑。有人问：“怎么不设脱产干部？”高连喜直截了当答道：“杜绝指手画脚，扯皮推诿打内耗战。在我这儿，谁都是经理，谁又都是采购员、推销员和装卸工。”确实如此，保管员就算最稳定的工种了，可也经常从熟睡中被急促的敲门声惊醒，装、卸车一直到东方露出破晓的晨曦。

经营有方，“蛋”越下越多。联营人经过苦干，第一年除还清40万元外债，还盈利30万元。

高连喜接受采访时，先是心平气和地发了一阵牢骚：“我是有争议的人，有人认为我挺能干，有办法。有的人说我活动能力太大，歪门邪道多，肯定有实惠。”说到这，他很冲动，提高了嗓音：“别说我没得啥实惠，就是得点儿能怎么着。本溪的关广梅腰缠万贯，还当十三大代表，在电视上大出风头呢！我最恨那些无端中伤、不理解我的人。最困难时，我想到过哭，想到过骂。骂那些不干有理，反倒给干的人下绊子、泼脏水的人，八分钱邮票一贴，把纪检、财务、审计部门白折腾一趟，我还得花时间陪着，你说恨人不？”顿时，他咬牙切齿，忽而又非常傲慢：“从公司开张那天，我就防着这一手，我是个堂堂的男子汉，怕啥？脚正不怕鞋歪。对改革总是有人不理解，如果都理解了，那就不叫改革了。如果承认我这是改革，那可以肯定，改革绝不是为个人捞好处、得实惠，不信你再深入采访采访。”

SHI DAI YUE ZHANG

三

在联营公司那间拥挤破旧的办公室里，会计王秀可慢条斯理却颇有分量地告诉我："高经理不仅没比大伙多得，而且还交回了些好处费、回扣费，这都是有据可查的。如果这事搁在那些得红眼病的人身上，恐怕真会悄悄地揣进自己的腰包。这人不简单吧！"我连连点头赞许。

在社会主义有计划的商品经济的"海洋"里，金钱则是永不干涸的水滴。如果这是相对真理，高连喜和他的联营人也并不否认。然而，他们更看重的是联营的信誉，以及由此创造的社会效益。

联营人心里都有一杆秤：坐等经商，何谈信誉？大家齐心协力，树立新店风：进货上门，多退少补，不嫌麻烦。

1985 年汛期，大雨滂沱，高高的钻塔被洪水包围了，一口口油井被淹没了，四通八达的道路被截断……物资！物资！抗洪前线急需各类物资。电话一个接一个打到联营公司。高连喜挺起他那高大的个头儿，带领联营人从营口、海城、鞍山转到沈阳，一路采购，铁锹、灯泡、铁丝、电池、电筒，有多少要多少。100 多万元的抗洪救灾物资，源源不断地被送到防洪堤坝上。为了一桶油漆、几箱焊条，联营人奔鞍山、赴营口，千方百计保证抗洪前线急需。经销电池、电筒、灯泡之类商品，细算都不够运费。为了抗洪，联营人不算经济账，照样采购。有的用户常把计划做多了做漏了，可联营人不怕麻烦，多的退，漏的补。这样做，他们不但不觉得亏本反而感觉良好："只要生产急需的物资保上了，咱怎么干都值得。"副经理关逵林带车去沈阳拉五吨铁丝，他和司机仅用 20 分钟就装完车，抢在人流高峰前出了沈阳。

如果说 20 世纪 80 年代的深圳速度为人仰慕，那么联营人的效率不也是值得赞叹吗？不妨这样预言：如果联营精神遍及寰宇，全球版图两极会卷尽自私的泥沙，挟着文明的沃土，由倾斜走向平衡。

SHI DAI YUE ZHANG

四

盈利多了，高连喜和他的联营人也展示了一种大家风度。资金除用于扩大经营规模，还尽力为社会造福。23 名待业青年齐刷刷地站在了他们的旗帜下，半天工作半天学习，每月必给 50 元生活费。学习成绩优良者，还可得到奖学金。考上技校或经过考试被招工，还予重奖。这一新闻，引起了全厂上下男女老少的一片掌声，比公布厂领导班子新名单时还大、还响。至于受益者，则更是感慨良多。

受益者之一，韩静（女）：“我 1983 年初中毕业、考技校、招工都落了空，在家待业 3 年多，等吃穿，真不仗义。想学习，又无人辅导，实在无聊、寂寞。很想有个重新学习的机会，长点儿志气，争取考个技校，也就心满意足了。可哪有这样的运气呢？我的希望之火曾多次泯灭。万没想到，1986 年 5 月 10 日，联营公司给了我新的生命。第一天上班时心里直激动，待业 3 年，梦寐以求的理想火花点燃了。领工资的那天晚上，我兴奋得久久不能入睡，享受着自食其力的快意，品尝着自劳而获的滋味……”

受益者之二，高唱（女）：“我打心眼儿里感谢联营公司。在这儿能工作，能学习，能挣到工资。可以用自己的双手创造未来，可以学会自己不懂的东西。原来父母脸上布满阴云，自己也愁得慌。这回可不用家里操心了。总之，在这一切都是个‘好’字。”

受益者之三，李文革（男）：“我儿李忠 5 岁时因惊吓得癫痫病，只念了 5 年书。招工考不上且又常犯病，一直待在家。我总为他提心吊胆地怕出事儿。好心人想点子，让我找领导，不解决不回来。他下班你跟着，他吃饭你端碗，反正他不能把你拖出来。俺想，咱是受党培养多年的党员，咋能那样呢？于是就安慰孩子在家好好地待着，别出去惹啥祸。咋也没想到，联营公司开了绿灯。老高主动跟我说：‘孩子待在家里也不是事儿，有点儿缺陷也得将就。来吧！’我一听心里亮堂了，乐得那样儿就甭说了。孩子开了工资我让他赶快存上，攒起来，以后自己说人（即找对象）好用啊！”

受益者之四，宁得芝（女）：眼泪在眼圈直转，好像一肚子话不倒出来憋得慌，话匣子一下打开了，一口烟台味：“俺那江红，19岁了。1986年初中毕业，考技校、招工比划3回呢，都没得。他爸一股火，得了肝炎。这回江红到联营上班，俺心里可痛快啦！要不，孩子都待完了。就是去复课，还得托人找门子交上30元钱。那天，孩子开了饷，回去就交给俺，让给攒起来。俺那眼泪吧嗒吧嗒往下掉啊！俺为3个孩子操心费力大半辈子，这是头一个往家里拿钱啊！你说这联营咋这么心善呢！”

写到这儿，笔者陷入深深思索：如果说，从联营公司的星星点点中可窥见一斑，那我们应该略有所思：古往今来，痛苦与欢乐、彷徨与奋进、革新与守旧，总是汇成历史的鸿篇巨制。高连喜和他的联营公司的兴衰际遇，不也是这部大书中的一页吗？

（发表于1987年）

“会战”的升华

引　子

SHI DAI YUE ZHANG

石油，现代大工业的血液；

石油，人类繁衍文明的摇篮。

在石油这个大家族中，有这样一个鲜为人知的成员，它和那些流动奔涌的兄弟们的性格迥然不同：在40℃以下，它凝固不化。

团队的凝聚力往往是对一个简单公式的认同：1+1>2。

在雕塑家手中，它竟变成栩栩如生的“维纳斯”。国外专业词典将它写作“HIGHWAX”，中国石油专家称之为“高凝油”。

迄今为止，全世界数以千计的大小油田中，高凝油田不足十分之一，名列榜首的美国阿塔蒙油田和苏联乌津油田，原油最高凝固点亦不过51.7℃。而东方雄鸡版图上出现的辽河石油勘探局沈阳高凝油田却以它67℃的凝固点跃居世界之冠。

1986年11月17日，沈阳油田全面开发建设工程正式破土奠基；

10个月，建成原油生产能力200万吨；

两年时间，300万吨原油生产规模形成。

原油产量成倍增长：

1986年，71万吨；

1987年，166万吨；

1988年，256万吨；

两年内实现原油销售收入 9.26 亿元，形成还贷准备金 5.2 亿元。

新的血液又注入了共和国的经济动脉。

滚滚油龙，斗折蛇行，奔向远方，也牵出人们悠远而清晰的思绪……

揭破千古之迷，科学彩笔绘就宏伟蓝图

SHI DAI YUE ZHANG

在我国东北最大的工业城市沈阳以西 30 多公里的地方，有一个名不见经传的小镇——大民屯。千百年来，这里的人们世世代代生息繁衍，辛勤耕作，日复一日，年复一年。人们习惯了头顶上的那片天，看惯了脚底下的这片地。可他们做梦也没有想到，就在这片沃土的几千米之下，有一座迷人的地下宝库，那里蕴藏着极其丰富的高凝油资源。

从 1955 年开始，直至 60 年代末期，地质部第二石油普查大队开始对大民屯凹陷进行地质勘探。70 年代以来，辽河石油勘探局又三上大民屯。由于当时落后的勘探技术，人们对凹陷的基底、形态、构造特征一时还难以搞清。1982 年，当时的辽河石油勘探局党政主要领导，组织地质科技人员多次研究论证，决定采用数字地震等先进的技术手段再上大民屯，使这一地区的勘探取得了历史性的突破。

时至 1985 年底，大民屯凹陷已探明含油面积 92.5 平方公里，石油地质储量 1.9 亿吨。经国家储委确认，已具备了建设年产 300 万吨原油生产能力的资源条件。

改革开放的春风吹开了封闭已久的国门，也给石油工业的决策者们带来一缕清新的空气。他们敏锐地注意到，当今发达国家的腾飞，无一不是重视科学技术的“软件效应”。他们摒弃了沿袭已久的“仓促上马”、“重复建设”等习惯，代之以重视科学技术

▶ 原石油工业部部长王涛同志向缅甸客人介绍沈阳油田高凝油的开发情况。

的战略思维。

当时主管石油工业的国务委员康世恩对大民屯的开发建设提出明确的要求："总体解剖，全面规划，配套建设，整装开发。"

1985 年 8 月，辽河石油勘探局决定由副局长刘玉林主持编制沈阳油田开发建设总体方案（此时已把大民屯称为沈阳油田）。

没有现成模式，没有现成资料，刘玉林毅然决定：撒出各路人马，四方寻经，他山取石。

北京。中国科学院情报研究所。现代化的国际联机检索系统高速运转。长长的纸带上，全世界 30 多个国家 498 个油田的有关资料倾泻而出。

河北。任丘油田规划设计院。电子计算机的荧光屏上行行跳出油田开发经济评价的软件程序。"取经人"如获至宝，茅塞顿开。

山东。胜利油田水力活塞泵采油的井场上。"取经者"一遍遍地询问，一次次地探讨，本子上记满了密密麻麻的参数符号。

河南。魏岗。当时我国唯一投入开发的高凝油田，虽然其规模、凝点都远不及沈阳油田，但它的开发方式却给"取经者"开阔了视野。

与此同时，同加拿大拉夫林等 8 个外国公司的技术合作、咨询也在紧张进行着。

广泛深入的调查研究，汇成了 68 篇长达 30 万字的开发建设高凝油田的技术资料。

各种现场实验也一个接一个地展开了……

大量的信息资料和实验数据犹如一个个跳动的音符，在“作曲家”心头激荡，科学的彩笔行云流水般地在“五线谱”上跳跃。

1986年仲夏的一个深夜，辽河石油勘探局机关家属区因停电一片漆黑，只有4号楼的一扇窗户里透出一缕微弱的光。烛影摇曳，闷热难熬。一块地毯上铺满五颜六色的图表。刘玉林伏在地上精心编绘着沈阳油田开发建设的总体方案。

一座座计量站、联合站在他的笔下都迅速选定了自己的坐标点。他画得那么得心应手。这些地方,他每处至少实地考察过3次。那是一个风雪交加的隆冬，为了选好沈2联合站的站址，他在皑皑雪地上奔走穿行着，一脚踩下去，雪竟没到大腿根……

他下意识地抹了一把汗。

最使他绞尽脑汁的是各专业间的协调衔接。定向斜井需要无杆泵采油；不同的地层要选用不同的注水压力；从地下到井筒、地面集输，从钻井到采油、筑路，直到经济分析、环境保护，都要作为一个系统工程来通盘考虑。

他写着、算着，电子计算器不时发出悦耳的蜂鸣，烟缸里的烟蒂早已塞满了。

不知熬过了多少这样的夜晚，不知召集了多少次方案论证会，一个科学系统的开发沈阳油田的宏伟蓝图终于绘成。

“金娃娃”经“十月怀胎”，就要“一朝分娩”了。

8月的海滨城市兴城，风光旖旎。依山傍海的辽河石油勘探局职工疗养院4疗养区的一间会议室里，局长张林生、局党委书记邓礼让、副局长刘玉林正向国务委员康世恩、石油工业部部长王涛及国家计委有关领导汇报全面开发建设沈阳油田的总体构想。康世恩望着那布满了红色含油构造带的“大民屯凹陷勘探成果图”，心情显得格外激动。他对邓礼让和张林生说道：“你们的想法很好，大民屯年底就要上，全面开发。300万吨产能，第一年建成200万，第二年再建100万。”局长张林生，这位精通石油地质的专家，似乎感受到了其中的分量。他虽语气不高，却带着坚定的口吻说："我们一定选派精兵强将，把沈阳油田这一仗打好。一定要打出 80 年代新水平，建一个现代化的油田。"

最佳领导结构——1+1>2

SHI DAI YUE ZHANG

一年时间，要在 800 平方公里的广阔地域，组织逾万人的建设队伍，完成 5 亿元的基建工作量，形成 200 万吨原油生产能力，建成 300 万吨产能的骨架工程，当年又要完成 160 万吨原油生产的指令性计划（这个数字是前一年的两倍），况且，又是这样一种举世罕见的高蜡高凝油……

谁能担此重任呢？

现代管理学有一种时髦的观点，称作"最优劳动组合"，领导层的最优组合称为"最佳领导结构"。它不仅可以起到取长补短、相得益彰的作用，而且往往会收到 1+1>2 的奇妙功效。邓礼让、张林生似乎精通此道，他们不约而同地想到了两个人：王显骢、张凭。

年过半百的王显骢身材微胖，满头乌发把一张白皙的面孔衬托得容光焕发、神采飞扬。这位 1958 年毕业于北京石油学院开发系的高才生，虽然没有"牧马人"许灵钧那样富于传奇色彩的经历，而命运为他安排的道路却也并非平坦笔直。他高中毕业时，莫名其妙地被取消了保送到苏联留学的资格，阴差阳错地迈进了石油高等学府的大门。动乱之秋，他也毫不例外地到农场接受过亿万知识分子在劫难逃的"再教育"。他曾在新疆石油学院执教采油专业。在克拉玛依油田工作不到两年，就被破格提拔为地质师。1975 年，他又投身于辽河三角洲石油开发的洪流中。不久，便以他的能力和魄力，被提为局总调度室主管全面工作的副总调度长。

他的才能和坦诚赢得了其他 7 位副总调度长的尊重和信赖，在“一副领七副”的情况下，使总调度室的工作年年获得先进，继而升任总调度长。4 个月前，他又被任命为辽河石油勘探局副局长。

张凭是位刚刚卸任副局长职务的“老油建”。35 年来曾多次参加国家重点工程建设。从抚顺到新疆，从玉门到大港，他对油田建设工程的熟悉程度几乎令人难以置信。从进站管线的材质、口径、长度、壁厚，到各种机泵型号、功率、扬程、容量，甚至法兰盘、螺丝钉，他都了如指掌、如数家珍。

此二人一个宏观控制，决策果断；一个经验丰富，体察入微。邓礼让、张林生将他俩有机地组合在一起，可谓一种互补式的最佳结构。

临行前，局长张林生对王显骢说：“显骢，前线的事你全权负责。300 万吨产能要分两年建成，当年要生产 160 万吨原油。按康委员要求，要采用‘十大技术’，这些硬指标必须完成。”话语中充满了信任。

此时，王显骢感受到肩上担子的分量。他非常清楚，这是国家“七五”重点项目，使用的全部是日本能源贷款，年息就达 6500 万元人民币。如果工程效益不佳，那可真是“赔了夫人又折兵”啊！

但是，他只能前进，毫不犹豫地挑起了沈阳油田开发建设领导小组组长这副千钧重担。

陌生的合同给传统的“会战”赋予了新的内容。

人们大概不会忘记，20 世纪 60 年代东北松辽平原上那声势浩大、震惊中外的大庆石油会战；海河下游盐碱滩上的大港石油会战；20 世纪 70 年代黄河、辽河三角洲的胜利、辽河石油会战……中国的大油田几乎无一不是在“会战”的旗帜下，举行了庄严而隆重的奠基礼，进而发展壮大起来的。“会战”，这一源于战争的军事术语，不知激励了多少石油工人去拼搏、去战斗。

毋庸讳言，“会战”是当时特定的历史条件逼出来的。它曾为共和国的石油工业建立了不朽的功勋，但也将随着时代的前进而不断发展。

历史进入20世纪80年代，激荡在神州大地上的改革大潮撞击着石油企业决策者们的心扉，也赋予着“会战”这一传统的组织方式以新的内涵。

面对像沈阳油田这样如此浩大的系统工程，工期要求之紧，质量要求之高，效益要求之好，怎样科学地组织才能快、好、省地奏效呢？

王显骢、张凭和前线项目组的同志们一次又一次地思考着、探索着。他们根据国外大型建设项目实行项目管理的经验，吸取传统石油会战的精华，结合沈阳油田开发建设的特点，制定出一套切实可行的组织管理方案——实行目标管理、项目承包合同制。王显骢将这种管理方式概括为六句话：“设定目标，项目承包，宏观控制，阶段实施，个人负责，合同制约。”

沈阳油田开发建设项目的偌大机体按照这种新的现代化的组织管理方式启动了，运行了。

油田开发总目标确定了；

总体运行的网络图编制出来了；

分三个阶段实施的步骤明确了；

大大小小的工程项目经理走马上任了。

1986年12月28日上午，沈阳采油厂刚刚落成的招待所四楼会议室。迎面一幅大红会标：“沈阳油田首批项目承包合同签字仪式”，十几个大字分外醒目。主席台前的方桌上，墨绿色的绒毯显得格外庄重，两个红色三角体的标牌分别写着“甲方代表”、“乙方代表”的字样。签字用的台笔上那两只金色的奔马似乎要脱缰而去。灿烂的阳光透过明亮的玻璃窗暖洋洋地照在人们的脸上。建设队伍的各路“统帅”分坐两排，激动、兴奋，忐忑不安，种种矛盾的心情充溢着每个人的心。

9 时整，张凭宣布，沈阳油田一期工程项目承包合同签字仪式正式开始。照相机、摄像机镜头同时对准了一个焦点。

一位满头银发的老者健步走到签字桌前，在“乙方项目经理”的落款处一笔一画签下自己的名字——张竹青。细心的人发现他的手在微微地颤抖着。

这位辽河石油勘探局物资供应处的常务副处长，多少年来，一直是以甲方的身份与订货厂家签订购销合同。然而今天，在油田内部，用合同来约束他自己，还真是平生第一次。

几天前，在草签合同的会议上，张凭要求，为保证全年原油生产计划的完成，供应处必须在 4 月 15 日前搞到 53 口井的一种特殊油管。张竹青霍地从座位上站起来，理直气壮地说：“我们跑了全国各个油田，这种油管根本就没有货。找厂家现生产又根本来不及。别说订合同，就是刀架在脖子上我也拿不出来呀！”他的话音未落，各路“诸侯”也纷纷提出异议，工期太紧，根本无法完成，会议搁浅了。

当晚，正在 300 里外的总部开会的王显骢从电话机中听到张凭那焦急略带沙哑的声音：“各家都有意见，合同订不下去呀！”“好！提出意见是好事，至少暴露了矛盾。”王显骢未加思索，径直回答。接着他又提高了嗓音，果断地说：“就是因为工期紧我们才订合同。跟大家做做工作，这个合同是签订了，不签也得签！”

张竹青放下笔，长长地吁了一口气，同作为甲方的油建一公司副经理毕成义交换彼此签了字的合同书，两只大手紧紧握在了一起。

合同，17 个项目的钻井、油建、采油、设计、供应合同一个接一个地签订了。

此时此刻，人们也许还未完全意识到这次签字的真正价值。然而它确实是一次不同凡响的签字。这不仅打破了石油企业多少年来生产型管理的机制，而且给“会战”这一组织形式赋予了新的内涵，传统的模式得到了升华和发展。

一纸合同,竟出人意料地产生了如此奇伟的力量。签字第二天，供应处处长赵大雄亲自率人驱车鞍山，找到鞍山钢铁公司总经理李华忠。真不愧为当代知名企业家，李华中在鞍钢并无油管库存的情况下，当场拍板，“行，我们马上组织人研制生产，保证不误油田老大哥的工期。”

3 个月后，第一阶段的 17 个项目承包合同如期履约了；

油建一公司 70 公里 6000 伏电力线架设提前 13 天超额完成；

26 公里管廊带工程按时下沟回填；

钻井一公司承包的 105 口井提前 15 天完成；

供应处承包的 53 口井的油管如期送到现场……

几十年来人们所习惯的按单纯行政手段组织生产的管理模式被一纸合同打破了。合同里蕴含着速度、质量和效益。

然而，更深刻的变化还是在人们的头脑中、观念上。

常言道：“每逢佳节倍思亲。”而常年过惯了风餐露宿的生活，终日在野外作业的石油工人，对节日与家人团聚似乎不敢有更高的奢望。在那个年代里，人们在“零点起步”、“开门红”、“献厚礼”之类的赫赫口号中马拉松式地熬过了众多的节日。可是今天他们竟怀疑是不是自己的耳朵听错了。几分钟前，公司经理郑重地传达了前线领导小组的决定：只要“十一”之前能系统投产，第二天就给油建职工放假 10 天，让大家好好过个节。

10 天！不但“十一”可以在家过，中秋节也能全家团圆了！

像积聚了多年的火山突然爆发一样，劳动者的潜力中竟蕴藏着如此巨大的能量。本来已经排得很紧的“十一”投产计划，一下子就提前了 7 天。9 月 23 日，沈阳油田三大联合站系统顺利投产了。次日，王显骢、张凭兑现了自己的许诺，几千名油建职工高高兴兴地返回了 300 里外的家园。农历八月十六，工人们休息了 10 天后，又齐刷刷地集合在工地上……

石油，这个打了几十年交道的老朋友，今天怎么变得如此无情?

多少年来，乌黑的原油总是按照石油工人的意志，乖乖地喷涌而出。今天，沈阳油田的高凝油却变得如此无情。采油工从井口接出一盆原油，转瞬便凝似一坨黑色橡胶体。任你踩踏，毫不变形。正是这种高凝点的石蜡基原油，为油田开发增添了极大的困难。

风雪交加的 1987 年 1 月 26 日，沈阳油田第一座高凝油计量站——胜 1 计犹如一个难产的婴儿，在母腹中不安地躁动着，痛苦地挣扎着。

谁也没有想到，经过反复理论计算和试验论证的投产方案遭到如此意外的打击，原油尚未升举到地面，温场已经降到凝点以下，6 口投产井全部堵死，严酷的现实使在场的人们都惊呆了。

电话铃声急促地响起来，王显骢、张凭火速赶到现场。

局采油副总工程师辛一平从 300 里外的总部机关赶来了。

局基建处长李竣阁、工程师刘学凯赶来了。设计院副院长马立山来了。研究院副院长蔚少华和采油工艺室的吴桂林、王东海带上计算机，星夜赶赴现场。沈阳采油厂的厂长和工程师们也来了。

试验和计算昼夜不停，紧张地进行着。

热油循环不行，热水循环也不行，冷抽加定期热洗还是凝……

日历一页页撕去，投产的日期一天天逼近。

王显骢、张凭心急如焚。胜 1 计试验的成功与否，将直接关系到全系统投产的成败。一旦试验夭折，当年的国家计划将无法完成，几亿元的投资将付之东流，国际银行的贷款也将无法按期偿还……

黑云压境，局势如此严峻，压力如此巨大。

张凭心脏病突发，被连夜送进医院；王显骢心跳异常，24 小时心跳偷停 9999 次，也被送进医院。

试验仍在紧张地进行。王显骢、张凭抱病继续指挥着这场科研攻关。

终于，一种适用于沈阳油田高凝油开发特点的“井下伴热水、地面掺热油闭式循环”的采油工艺诞生了。

90℃的热水通过油管夹层哧哧作响地向千米以下的油层冲去。井筒中凝固的原油缓缓熔化，驯服地被牵出地面。6 口井相继投产成功。

高凝油，你终于被征服了！

这时人们才猛然发现，星星点点的霜花已经挂上王显骢那乌黑的双鬓，他整个人也瘦多了。

王显骢操起电话，欣喜地向张林生局长报告。听筒里传来张局长那熟悉的声音：“显骢，就这么干吧！”

胜 1 计的采油方式迅速在整个沈阳油田推广应用了。9 座计量站、125 口井成功地投产了。沈阳采油厂原油日产猛增了 3065 吨。

1987 年 6 月 23 日，石油工业部部长王涛陪同缅甸能源部长吴·盛吞来沈阳油田参观。吴·盛吞站在静 3 井中流出来的油坨上，竖起了大拇指：“中国人，了不起！”他把沈阳采油厂赠送的高凝油雕塑——惟妙惟肖的大熊猫视若珍品，小心翼翼地带回国去。他带去了一个民族卧薪尝胆、自强不息的精神。

格里希的感慨与光灿灿的金牌

SHI DAI YUE ZHANG

闻名遐迩的武汉柴油机厂的洋厂长格里希，归国前发过这样的感慨：中国企业最致命的弱点就是缺乏质量意识。石破天惊，这句话曾在中国这片古老的土地上掀起轩然大波。愤怨之余，人们又不得不默认了这一事实。的确，“百年大计，质量第一”那熟悉而醒目的标语在中国的每一块土地上，成千上万的建设工地上几乎随处可见。然而，口号毕竟是口号，要真正付诸实施，却并非一件易事。

1987年2月，油建一公司的职工在风雪中干了60多天，辛辛苦苦地焊接了26公里管廊带的一半。一个意想不到的事情发生了：直径325毫米黄夹克管线在一次吊运中突然断为两截。经检查发现，该管线出厂质量不合格。加急电报飞到厂家，得到的回答却是："发往你处的48根黄字编号管子均为不合格品。"人们在未焊接的管中找到46根，还有两根已混入好管线焊接下沟。

怎么办？

一个严峻的考验摆在建设领导小组面前。

局前线会议室里，王显骢嘴角紧闭，沉默无语。"老油建"张凭一根接一根地抽着烟。各路"诸侯"都把目光盯在他们表情严肃的脸上。

难题，一个大难题！

这可是油建工人的血汗啊！他们是冒着零下30℃的严寒，趴在雪窝里干出来的。割管线如同割他们的心头肉一样。割掉重焊，按正常的施工速度还得一个月，那就无法保证稻田放水之前将管线埋入地下，"十一"投产将成为泡影，工期只好再拖一年。

倘若不返工，这两根不合格管线埋入地下，则无异于寄生在血管上的癌细胞，随时可能危及整个工程的安危。

……

一阵难挨的沉默过后，张凭猛地吸了一口烟，把大半根香烟狠狠地捺死在烟灰缸里，缓缓地说："显骢，只好割了。不割后患无穷啊！"

王显骢果断地说："割！可5天内必须干完，不然没时间了。"

工地上，油建一公司和来自沈阳724厂等5个单位的支援大军在8公里的沿线上一字排开。焊枪吐出紫色的火焰。8公里，750道焊口一一割开，一根根检查。有人在叫骂，有人眼里噙着泪花，这真是在割他们的心头肉啊！

两根不合格的管线终于查出来了。

5 天后，8 公里的合格管线重新焊接完下沟。

8 公里管线推倒重来的教训给人们留下了深刻的思索，质量这根弦绷得更紧了。

1987 年 9 月，一个硕果累累的金秋。经过 10 个月的建设，沈阳油田“十一”全系统投产的日期也一天天逼近了。9 月 8 日，沈 2 联合站天然气净化系统竣工验交；9 月 9 日，沈 3 区 7 号站建成；9 月 10 日，沈 2 联合站变电所按时送电……

就在这时，又一个可怕的消息传来。9 月 16 日，沈 3 联合站到沈 2 联合站 12.6 公里输油管线用热水暖管试压时压力稳不住，10 分钟内竟降了 26 个大气压。

是管线漏失吗？王显聪、张凭紧急召见负责施工的油建一公司经理金长华。人刚踏进门槛，那高音喇叭似的洪亮嗓门就响了起来：“我敢保证，油建的焊接质量肯定没问题。我那一帮子质量保证体系不是吃干饭的。每道焊口都用探伤仪检查过……”

“也许是热胀冷缩的原因吧？”有人提出这样的见解。

“不能‘也许’，我们要万无一失。”当即，王显聪要求油建一公司组织人员分段巡线查漏。晚上 21 时，张凭召集前线机关全体人员紧急动员。翌日凌晨 3 点半，黑沉沉的夜幕尚未完全退去，前线机关的人员就倾巢而出，赶到 30 公里以外查线。

春天埋下的管线，此时已被庄稼地所覆盖。大家两人一组，每组两公里，沿着管线走向小心翼翼地扒开灌浆的稻子，踩着泥泞的田埂，钻进满是露水的青纱帐，一步步地细细察看，还是没有发现渗漏的疑点。

与此同时，设计院和局基建处的技术人员在马立山、刘学凯等人的带领下，细心地观察着压力表指数的变化，一面反复地进行各种参数的计算。

谜底揭开了。管线焊接质量无懈可击，果然是热胀冷缩的原理在作怪。由于是输送高凝油，暖管的水温要高出常温几十度，而这种情况人们还是第一次碰到。

一场虚惊！

1987 年的日历翻到 9 月 18 日，滚烫的高凝油穿过 12.6 公里的管线，带着粗闷的呼呼声，进入沈 2 联合站 5000 立方米的储油大罐。现场指挥的沈阳采油厂总工程师陈才祥抬手腕看看表，17 时 53 分。9 月 22 日 23 时 02 分，沈 2 联合站的高凝油又走过 14.3 公里的路程，到达沈 1 联合站。

联合站隆隆运转，沈阳油田的心脏开始跳动了。200 万吨／年的产能主体工程，在 10 个月前还是一纸蓝图，如今变成了现实。

第二年 5 月，在石油工业部优质工程评比鉴定会上，沈阳油田的主体工程——沈 2 联合站系统工程以 93.25 分的绝对优势名列优质工程金牌榜首。

金牌！一块光灿灿、沉甸甸的金牌！

格里希呀，此刻如果你再次踏上我们的黄土地，面对这样的事实，你又该作何感想呢？

尾　声

曾几何时，这儿的全部富有，莫过于空旷的田野、稀疏的村落。转瞬间，奇迹出现了：

3 座大型联合站拔地而起，巍峨的罐群银光粼粼，飞架的管线腾空傲然，那空无一人的自动化供热房，那微机控制的整洁的操作间，那排列整齐的 17 口井的丛式井组，构成了一个现代化油田的壮丽景象。

“沈阳油田建成我国第一个高凝油生产基地”；

“沈阳油田——我国石油工业的又一颗明珠”。

《人民日报》、《辽宁日报》、《中国石油报》等诸多新闻单位争

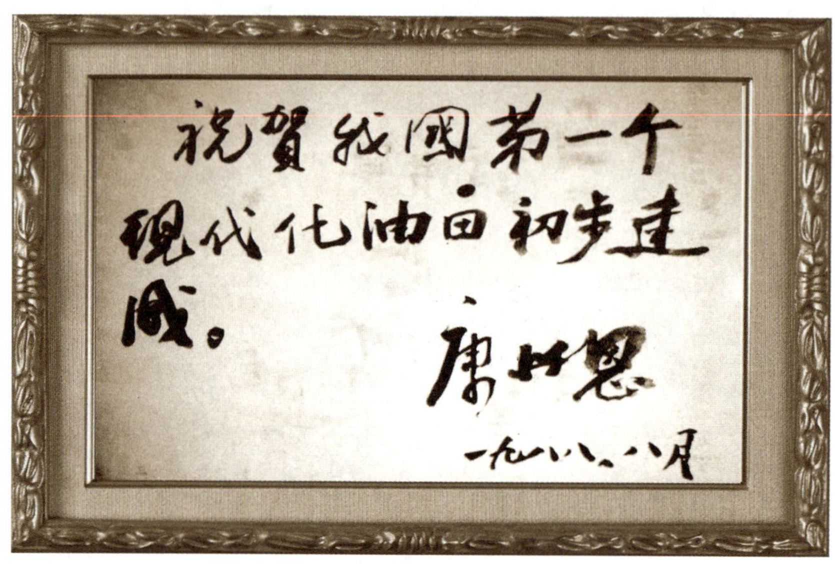

▶ 原国务委员康世恩同志为沈阳油田题词。

相以重要版面和醒目的标题报道沈阳油田的建设成就。

来自大洋彼岸的加拿大石油专家实地考察了沈阳油田后，紧紧握住王显骢的手，连声赞叹："OK！ OK！"

1988 年盛夏的一天，刚刚视察了大庆油田的康世恩又风尘仆仆地来到沈阳油田，他抑制不住心头的喜悦和激情，欣然挥毫泼墨，写下了两行大字：

祝贺我国第一个现代化
油田初步建成。

康世恩
1988年8月23日

高凝油！

300 万！

现代化！

世界石油工业恢宏的交响乐中，又奏出了一曲独特旋律的昂奋乐章！炎黄子孙啊，你以那不可征服的民族自尊、不甘人后的凌云壮志，终于昂首挺立于全球高凝油田之巅！

（发表于1989年）

与刘维石、孙志钢合作

第二乐章

激情的快板

他们曾和祖国一道从严冬走来，披一身风雪，踏一路荆棘，在阳光明媚的春天耸起，像一座座钻塔，不，是一座座丰碑……让我们来走近这群伟大又平凡的人中间，倾听那旋律独特的青春之歌。

“秘密武器”发现始末

10年前在共和国诸多油田中的小兄弟——辽河油田，近年来，急剧走红，它的知名度随着那骤然上升的原油产量而日益提高。1360万吨！这硬邦邦的数字把辽河油田无可争议地推到了“油老三”的宝座上。仰慕之余，人们开始惊叹：辽河，一定有新的“秘密武器”！

科学的发现，往往在于一纸之隔，而率先捅破这张纸的人，以及透过纸孔去发现无穷奥秘的人，都是科学王国里的俊杰！

有，这就是辽河油田的古潜山油藏。

让我们先把镜头定格在那遥远的地质年代吧！

大自然为我们演出了这样的活剧：我们脚下雄浑大地上隽秀的山峦受风化的剥蚀和水的侵溶，形成千洞万隙的壮丽风貌。经过无数次地壳运动和地貌变迁，那些古老的山峦被有机物沉积和河流挟带的泥沙所掩埋，具备了生成石油的良好环境。几经沧桑，那些古老的山峰深深潜伏地下，地质工作者称它为古潜山，第三系生成的石油大量聚集其中，成了“油娃娃”理想的栖息场所。古潜山的发现曾使波斯湾诸国几乎在一夜之间变成了石油王国，也曾使白洋淀边的华北油田产量扶摇直上。但在辽河，它的发现却经历了一条千回百转的坎坷历程。

早在1973年，辽河兴213井喷油，就有人提出古潜山油藏在辽河盆地能否成为一个重要勘探领域的问题。但囿于打到的是花岗岩，常规的地质理论认为，这是储油的“不毛之地”。古潜山仍

▶ 地质人员在现场看岩心。

静默无闻地潜伏着。

时隔两年——1975年，在辽河盆地西部凹陷曙2井打出了白云质灰岩，并有油气显示。天公不作美，一场意外的大火将5部柴油机化为灰烬。井架毁了，井壁坍了，地质时代尚未分清，人们就把已发现的白云质灰岩误认为第三系沙河街组二段的特殊岩性，未做更进一步的探索。

辽河的古潜山又一次如同哈雷彗星，迅疾掠过人们的眼睛，消失在银河系的苍穹里。

同年秋天，从冀中平原古老的震旦亚界灰岩地层首次喷出了汹涌的油流，单井日产千吨以上。这消息瞬间飞关越隘传遍了辽河两岸，也重重地撞击着辽河人的心。

古潜山油藏难道就偏爱中东、华北？辽河的地质科技人员在思索，开始了苦苦地寻觅。

地质研究院——这个全油田地质研究中心，率先成立了古潜山专项研究小组。科研人员以极大的热情投入到紧张的研究工作中。地质部有关资料搜集来了，辽河坳陷古潜山类型图和海陆变迁图昼夜赶制出来了；24口探井相继开钻，震旦亚界的矽质白云岩在19口井上被发现。可惜，它们都被错判为第三系特殊岩性段灰岩。辽河人又一次与古潜山失之交臂。随着机构的变更，古潜山小组也解散了。

然而，人们心头对辽河古潜山追寻的热望并未消失。被人们的记忆淡忘5年之久的曙2井重新又在一个默默无闻的小人物心中复活了。他，就是研究院区域室的何登骥。

夜，静得出奇。一间简陋的板房里，泄露出昏黄的灯光。一个中等身材、文静白皙的人正伏案工作，把那双熬红的双眼死死盯在一摞摞资料、一张张图纸上。这位生于天府之国、毕业于西南石油学院的大学生，一出校门便参加了火热的大庆会战。十几年前的石油会战烽火，使他对为祖国找油有着一股执着的倔劲儿。此刻，他正以中国知识分子特有的热情寻找着高产油田的“捷径”。

可是，“捷径”又在哪里呢？

“震旦亚界”。何登骥深思熟虑后提出了这一方案。这里凝聚着他的多少智慧和心血啊！

1974 年，何登骥曾作为辽河油田代表参加了辽宁省地层表的编制工作。他有机会实地考察了东北三省的地层地貌。他注意到，医巫闾山背斜西北翼分布着大量震旦亚界地层，东南翼也有北东走向的震旦亚界，可能延伸到辽河的西部凹陷中。

1976 年，他回到油田后，又废寝忘食地整理了辽河盆地内钻达前第三系 89 口井的钻井资料。他发现曙 71 井录井时在玄武岩下面发现了灰岩。可喜的发现，使他敏锐地意识到，这口井底部钻到的结晶灰岩的矽质白云岩可能是震旦亚界地层。他根据冀中古潜山的经验和辽河的勘探现状，比较了震旦亚界、古生界和中生界的含油远景，推断在西斜坡地带寻找冀中式古潜山油藏是十分可能的。

突破口就选在这里。可意外的打击又出现了，完井时取出的是一筒玄武岩。刚刚显露出峰巅的古潜山一下子又变得迷雾缭绕了。

长时间极度的劳累，终于使老何患了肺结核，病倒了。室领导推开了他家的房门，带着全室同志的心意看他来了。一进门却看到了这样一幅情景：床板上、地上到处摊着地质图表，一角散乱地放着几个药瓶子。一碗面条剩了一半，早凉了。

领导关切地说：“老何，你可要注意身体呀！”老何心头一热，挺激动地说："没大事，能顶住。"室领导走后，老何又一头钻进了瀚海般的资料中。他像一个苦行的印度托钵僧，苦苦地追寻着心中的理想——古潜山。

病情稍见好转，何登骥又拖着虚弱的身体多方调查，细心地研究曙71井完井综合和横向测井图。根据自己多年搞地层工作的经验，他肯定地提出"震旦亚界不应该有玄武岩"的见解。为了证实这一推断，1978年10月的一天，他又一次来到了空旷阴冷的岩心库查证核实。这已经是第3次了。要把上百斤重的岩心搬上搬下，得花多大的力气啊！岩心库保管员虎万春是当年老何在大庆井队毕业实习时的师傅，他得知何登骥刨根问底是要抱大"金娃娃"，心里也乐颠颠地赶紧上来帮忙。

沉睡在偌大库房里数以万计的岩心，犹如一个个襁褓中的婴儿，惴惴不安地打量着他俩。老何在标有"曙71"号的木盒前停下，用放大镜细心观察，终于从繁星般的砂样中找到了他梦寐以求的"宝贝"——饱含油砂的岩屑。迷雾拨开了，综合图上底部的玄武岩是假岩心。

众里寻它千百度。辽河的古潜山油藏终于露出了它的端倪。

"应该向上级报告！"

何登骥推开门，放眼望去，芦花放、稻谷香，好一派金秋的丰收景象。他带上资料和砂样，一路小跑兴冲冲地找到了地质处的童晓光。

"老童，曙2井有白云质灰岩，还有油气显示，可能这就是古潜山油藏！"

童晓光惊愕不已，一把拽住何登骥的手："当真？"

"没错！"老何的口气反倒坚定了。他把资料、图表和砂样摊开，如此等等地讲了起来。

童晓光以地质工作者特有的敏感，脑子里也闪过了曙2井钻探过程。当时他上井看过岩屑，真的打出了白云质灰岩。此刻他断定：井喷失火，说明不是空井，地下肯定有油气！

数据、资料、回忆、联想，仿佛绘成了一幅浩瀚油海的壮丽图景。共同的追求一瞬间使两颗心连在了一起。何登骥说："我想写报告在曙 2 井旁再钻一口，把地下情况探个究竟。"

童晓光连夜向局领导们汇报了何登骥的想法。

建议被采纳了，领导们要求他们立即拿出具体方案，选好井位，尽快打开古地层。

寻找古潜山的最后攻坚战在这隆冬的北国打响了！时间啊，就是油！此时此刻，找油人更能掂量出那分分秒秒的价值。

童晓光带人以最快的速度落实了地震资料，又复查了曙 71 井、曙 2 井的岩屑。

地质研究院勘探室迅速编制了单井地质设计。

勘探井位的同志冒着凛冽的寒风，就在当年曙 2 井北侧 100 米处选定了新井位。

英雄的 32824 钻井队接到钻探古潜山的命令，一夜之间长驱百里，设备、人员全部就位。

1979 年元月 2 日，飞旋的金刚石钻头载着石油工人的热望直向地层深处钻去。

元月 14 日，汹涌的油流呼啸着喷出井口，形成一根粗大的油柱，犹如脱开金锁的蛟龙！

古潜山的石油啊！你终于从远古洪荒的年代里，从石油工人的希望中涌来了！

在曙 523 井，当钻头钻

▶ 地质研究院古潜山专项研究小组，对比分析了89口的完井资料，推断了在西斜坡寻找冀中式潜山油藏的可能性。

至 1858 米，进入震旦亚界地层时，钻杆瞬间下降 9.7 米，正当人们不知所措之时，那深琥珀色的原油一股脑儿地涌了出来，蓦地，形成一个小小的“湖泊”。

“大油涌，大溶洞！”

“嘿，这才真叫油海呢！”

一时，整个井场沸腾了；消息传开，辽河沸腾了！

这是人们认识自然的又一次质的飞跃！

据史料记载，20 世纪 50 年代末期，曾在四川省自贡市打出我国第一个油气溶洞。天府之国震惊了，大批全副武装的民警日夜守卫“宝洞”。

曙 523 井灰岩溶洞型高产井的发现，堪称我国石油史上油藏储集的第二大奇迹。它以日产 457 吨的事实证明了辽河盆地古潜山油藏不仅是小裂缝断块储集，而且还有特大型的溶洞储集。

从此以后，古潜山油藏的发现已成星火燎原之势。

沈阳以西的大民屯地区首次在花岗岩古潜山打成我国第一口千吨油井——胜 11 井，日产油 1503 吨，天然气 9.5 万立方米。

胜 10 井完井试油日产油 1306 吨，是花岗岩古潜山的又一口千吨井。

安 74 井完井试油日产油 2503 吨，天然气量 8 万立方米，是辽河油田灰岩古潜山的第一口“双千吨”油井。

时至今日，古潜山油井的产量已占辽河油田总产量的 12.1%，其中日产 50 ~ 100 吨以上的油井就有 23 口。

古潜山，堪称辽河油田腾飞的“秘密武器”！

（发表于1990年）

赤子的足迹

SHI DAI YUE ZHANG

一

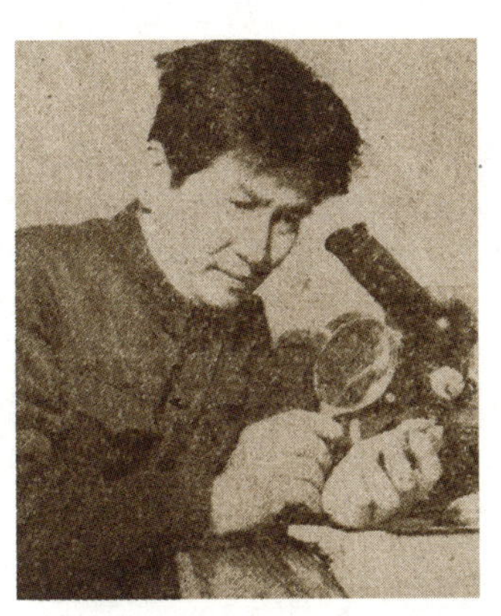

苏州，人杰地灵。在这座风景优美的古城中，那座引人注目的有80余年校史的名牌学府——省立苏州中学，不知飞出了多少只“凤凰”。文学家、教育家叶圣陶，理论家胡绳，力学专家钱伟长，原子能物理学家杨澄中，以及率中国女排力夺三连冠、名噪全球的排坛名将袁伟民，都是该学府的堂堂弟子。

> 人生崎岖坎坷的道路使他更懂得地质历史上沧桑巨变的自然规律，使他在考虑天地间的变化时视野无比开阔。生物的分布迁移不仅受河流、湖泊、高山乃至整个陆地和海洋的无穷变迁的影响，而且与太阳系、银河系、浩渺的宇宙都有着联系。

相比较而言，本文的主人公——辽宁省劳动模范、辽河油田研究院副主任地质师孙镇城算是一只“雏凤”了。

然而，当这只“雏凤”刚起飞的时候，却被那阵铺天盖地的狂风压向了地面。一夜工夫，他被戴上了右派的“桂冠”。

“我真的是‘右派’吗？”这个血气方刚的年轻人，在心里默默地抗争着……是啊！他应该抗争：

新中国成立前，中共江南行动委员会苏州先遣小组的成员隐蔽在他家时，孙镇城幼小的心灵中就播下了革命的火种，他对共产党的感情从此萌发了。国民党反动军队溃退南逃那天清晨，还不满15岁的孙镇城怀着对共产党的炽热的感情，不顾敌机在头顶盘旋，悄悄跟着哥哥出城去找解放军的先头部队……

他上大学二年级的时候，当年起义的父亲含冤下狱，家境贫寒，竟连一支钢笔也买不起。青年团员们背着他，你三分，我五分，硬是凑钱给他买了一支金星钢笔。他凝视着闪着金光的笔尖，咬紧嘴唇发誓道：“我要像金子似的永远闪光，要用这支笔写现实，写未来，写出石油地质研究领域的绝唱……”

1956年，他从北京石油学院毕业了。《人民日报》那篇《支援克拉玛依柴达木》的社论，点燃了他理想的火花。他放弃留在石油部刚成立的研究院工作的机会，志愿申请扑向了柴达木的怀抱。

就在不久前，他还和一群青年团员们在烈士墓前庄严地举起右手宣誓：“我要把自己的一切都献给党，献给壮丽的共产主义。”

我怎么是右派?

二

在全室竞赛挑战会上，别人提出一天鉴定60块化石，孙镇城表示要鉴定50块，当即被人斥为“不服改造，留一手”。不得已他又改为：“我坚持一天工作16小时，鉴定80块。”话音未落，一个人气势汹汹地对着孙镇城“革命”了一通：“‘老右’还想拔革命群众的标杆，太嚣张了！”是啊！在那谬误代替真理的年代里，人，一个真正的人，真是进退两难。

然而，在他崎岖的生活道路上，仍然有那么多的真善美向着他微笑。

“主任，我干脆去劳改队算了。”难以忍受的监管劳动，看守们的严厉训斥，使他实在沉不住气了，便跑到中心试验室主任跟前“申请”。好心的主任用同情的眼光看着他，无奈地说：“好好工作，不要抵触，将来还可以入团、入党，成为新人的。”

我还可以入团？我还可以入党？主任真的这样看我？他感动了，只觉得心里有一股温泉在流淌。

在国家遭受严重自然灾害的岁月里，一天开晚饭前，他拿出定量供应的比邮票还小的只限于当顿有效的餐券，准备打饭去，可一转身，餐券不见了。同学毛秀兰等都来帮他找，桌子上没有，床下边儿没有。用筛子筛遍了炉子边上的炉渣和垃圾也没找到这张要命的餐券。在那个令人难忘的饥寒的冬天，一顿饭是多么重要啊！同学们要去给他证明是真的丢了，他硬是不肯，哀求同学们："我就饿一顿吧！怕弄不好再加上个骗饭吃的罪名。”同学们终于把他拉到食堂炊事员蒋凤阁的面前说明实情。憨厚的老蒋紧贴到他的耳边说："我给你打一顿饭，我是信得过你们的，怪可怜的，可千万别说出去……”每当他想起这些善良的人们，一股暖流便涌上心头。

他虽然饱尝艰辛的磨难，但他的眼光却飞越千山万水。全世界已发现的介形类绝大多数是外国人命名的，我们的国家呢？介形类微体古生物研究刚刚起步，他急了。

没有谁给他下达命令，他自己给自己下达了命令；没有谁给他施加压力，他自己给自己增加了压力。时间不够用，他开始熬长夜。时钟嚓嚓的走动声，在他耳朵里仿佛是国外介形类专家飞快的脚步声，他把熬夜的时间延长了再延长。夜深了，他的眼睛还紧贴在显微镜上，潜望着古老大地上诱人的奥秘。年轻的妻子刘淑和，这位善良的北方女性把热腾腾的面糊糊送到他的跟前。他无限感激地望着她，一桩往事骤然浮现在眼前：

那天，他正发着高烧，可那些人说他装病，仍然逼他去挖土。就在这时，她一声不响地一把夺过他手中的铁锹，与摘帽右派们并肩劳动去了。她这一举动，使所有在场的人目瞪口呆……这令人心酸而又催人奋发的一幕，永远留在他的记忆里。他急忙放下手中还未吃完的面糊糊，眼睛又贴到显微镜上，他看到那介形类化石千姿万态的形状、光怪陆离的花纹，显示着大自然神奇玄妙的工笔……

时间是伟大的作者，他能写出未来的结局。孙镇城终于在1963年完成了《达布逊地区介形类岩屑微体古生物录井方法及第四系地层》的研究论文。当人们把国家科委和石油部颁发的奖状呈到他眼前时，他惊呆了，两眼愣神似的望着那烙有金字的奖状，用试探的口吻问道："真的是我的吗？"他弓着身子，低下头，又仔细看了一遍，脸上才露出宽慰的笑容。他破例被提拔为地质师了。

SHI DAI YUE ZHANG

三

历史的玩笑有时开得突如其来。那场史无前例的"革命"，孙镇城又没能幸免，并给他"恩赐"了新的头衔——刘少奇树立起来的黑地质师、走白专道路的典型。那"一颗红星头上戴，革命红旗挂两边"的军管会成员宣布："所有摘帽右派仍是右派，属于敌我矛盾。"孙镇城被当成专政对象，进了牛棚，立案交代问题。

一座真的牛棚，院内一头头憨实的牛正默默地在槽边吃草。他双眼直盯着那大牛、小牛、公牛、母牛、黄牛、黑牛，不由想起鲁迅先生那句"俯首甘为孺子牛"的名言。是啊！牛吃的是草，挤出来的是奶和血。我不离开这儿了，要永远和牛生活在一起。孙镇城的思绪在升腾着……

一个赤日炎炎的中午，敦煌南湖"五七"干校地里。监管人员正带着"专政对象"们挖水渠、修水闸、建大坝。孙镇城趁看守们去吃饭的空儿，战战兢兢地溜到水塘边弯下腰，手忙脚乱地去捞湖底含有生物的淤泥标本，直起腰再塞到事先准备好的小瓶子里，然后再哈腰去捞。直起弯下，弯下直起……就像那介形虫在急流中顽强地展示生命的活力，在山凸海凹中艰难地蠕动着。

“干什么？”“采泥巴。”“干啥用？”“准备放在显微镜下看有没有现代活的介形类，同化石介形类做些比较。”“‘一小撮’还想什么科学研究？这辈子就死了心吧！快扔了，别说不客气。”“不能扔，这可是无价之宝啊！”“让你扔就得扔！”“我就不扔，这有用。”从来在监管人员面前老实听话的孙镇城，今天竟然不老实不听话了。“啪”的一声，他右手里的一瓶被打掉了。可另外的两瓶他已揣进右衣兜里，并用手死死地捂着。他终于幸运地保存了珍贵的祁连山北麓淡水湖塘的生物标本。

SHI DAI YUE ZHANG

四

春天，挣脱了严冬的束缚，终于来临。当暖烘烘的阳光渐渐地融化着早春的残雪，东北古老的辽河岸边一切绿色生命的幼芽开始萌发的时候，当一缕晨光映红了辽河油田研究院党委组织科玻璃窗上的时候，操着浓重的河南口音的组织科负责人梁新献郑重地告诉他，过去定你是右派，纯属错划，现彻底平反。蓦地，孙镇城百感交集，两只眼睛湿润了。

全室职工大会正在进行。他含着热泪，用颤抖的语声激动地说：“我们知识分子的命运是同党和国家的命运连在一起的。尽管母亲难免有错怪儿女的时候，但她毕竟是母亲。”会后不久，他以赤子之心，再次向党支部递交了入党申请书。那一字字、一行行都浸透着这位新中国培养起来的知识分子对党、对祖国母亲的一片深情。

他虽然痛惜那逝去的宝贵年华，但他并没有去计较恩怨，他开始用行动去填写入党志愿书了。

1978 年 8 月的一个深夜。万籁俱寂，研究院科研大楼的百余间房子唯有一间的灯还亮着。室内只有孙镇城一人，可他却晕倒了，眼前冒着金花，嗓子拉着“风匣”。原来，为了灭掉室内的蚊虫，打敌敌畏过多，中了毒。当他苏醒过来时，又一头扑到显微镜前……

这是他拿身体开玩笑吗？不是，他需要的是时间。

他把个人的粮食关系放到食堂，开饭时骑着自行车去打饭，以便“速战速决”，然后又一头钻到研究室去。

孙镇城基础理论扎实，有一定外文基础，手头资料又多，著书立说，成一家之言是不在话下的，可他却始终把精力放到解决油田生产问题上。杜 67 井油层从电测图上无法对比清楚。一位地质师给他送去 6 块标本，因化石保存不好，孙镇城急生产所急，立即带人去逐段找化石，仔细采集了 60 多块岩心。分析结果找到了重要的标准化石，终于把这套油层从中分开，上半部属于沙三段，下半部属于沙四段。全院 1984 年分析鉴定化石 6000 多块，其中他完成 1422 块，解决了许多生产中的地层对比问题。

五

1982 年初冬时节，盘锦大地盖上了一床银白色的绒毡。年近尾声，室里的人都忙活年终的收尾工作。节骨眼儿上，孙镇城的痔疮复发了。在办公室工作不方便，他毅然把显微镜和英文打字机搬到家里，床边放一床被子，靠着被子坚持着工作。室里领导和组里的同志来看他了。一进门，就见他弓着腰，咬着牙，汗珠顺额角往下淌。他就是这样忍着病痛鉴定了 254 块化石标本，是全年工作量最多的一个月，并及时发出了鉴定报告，没有耽误找油的一分一秒。

1983 年盛夏的一天，法国第二大城市里昂第一大学的会议厅里聚集着参加第一届国际古生态学术会议的名流、专家和学者。

讲台上，孙镇城身穿银灰色西装，系黑色领带，脸上略泛红润，他以激越的音调宣读他那为中国东部陆相生油理论提供古生物论据的论文——《辽河断陷下第三纪深湖介形类动物群》。台下，来自五大洲不同肤色的古生物及古生态学者报以热烈的掌声。那张张笑脸和敬佩的目光一齐投向了他。

大会发言结束，他刚回到自己的座位上，法国石油公司工程师科林斯等人迎上前去递上名片并使劲地握着孙镇城的手说："你的报告我们很感兴趣，请多给我们几份学术材料看。""中国陆相生油理论对我们石油公司很有启发，希望我们今后合作。"这是另一位外国专家恳切的话语。

国际介形类研究协会秘书长德克尔博士赏识他的论文，1984年曾写信给《会议论文选集》国际评审委员会负责人——法国大卫教授："孙先生的文章精辟地阐述了怎样在古微生物学中利用介形类解释古环境。假如此文不在您主编的文选中发表，我将不遗余力地在澳大利亚出版他的论文，因为它间接地指出了介形类的研究多么有用途。"当大卫教授收到此信时，论文已在法国公开发表了。

六

你不相信吗？人的命运一瞬间会黯然失色，一瞬间又会金碧辉煌。孙镇城光荣地加入了中国共产党，被提拔为研究院副主任地质师兼地层室主任；论文相继在国内外出版；当选为辽宁省劳动模范。他和赵鸥等同志合作并由他执笔的《辽河断陷下第三系古生物地理分区及地质意义》的论文荣获辽宁省重大科研成果三等奖，石油部科技成果二等奖。职称晋升、出国等一切红运都降临到孙镇城的面前。然而，他又是怎么对待的呢？他对采访他的记者说："眼下党和人民拿咱知识分子当香饽饽，咱更要自尊自重啊！"

的确，他不愧为一个自尊自重的人。

院有关领导根据他在介形类研究方面的成果和贡献，建议他申报高级工程师。这是具有诱惑力的头衔，可他回答得如此干脆：“院里一些老同志才能和贡献在我之上，我慢慢争取吧！”就这么简单。

组织上两次派他去北戴河等地疗养，他谢绝了，并推荐别的老技术干部去了。他每天提前二十多分钟来到办公室，把走廊用拖布拖得干干净净。有人说这是演戏，可他仍然天天坚持。

按规定每个出国人员可以带一件免税商品，可他在繁华的商场中转来转去，最终用自己仅能支配的 199 法郎买了一台录音机，回来后送给了化验室的团员和青年们，说是供大家学外语用。

局里发给他劳模奖金 100 元,他没有往兜里揣就交给了办事员，说捐微款以支持办好中小学。他用院里年底发给他的 30 元企业整顿验收奖金，又搭上彩色胶卷，兴致勃勃地让全室每人带上老人、爱人、孩子，拍下了彩色的全家福。

国际第九届介形类会议 1985 年 7 月 8 日在日本静冈召开。孙镇城不仅三次接到邀请通知，而且国际介形类学会秘书长德克尔曾在北京当面邀请他到会并宣读有关中国介形类地理分布的论文。是他主动与司琦、赵鸥等合作的《中国内蒙古东部第四纪达来诺尔湖区介形类动物群》的报告，谁去开会？孙镇城首先想到他的老搭档，地层室的一位老同志，一直辛辛苦苦顶在生产岗位，又是论文的合作者，也该出去开开眼界了。当这一建议得到院领导的支持时，孙镇城满意地笑了。

法国诗人雨果曾经说过：“比海洋更广阔的是天空，比天空更广阔的是胸怀。”

（发表于1984年）

凡人的丰碑

他去了。因患晚期胃癌，时年 50 岁。

在黏土矿物研究领域里，他不是无名之辈，也不是一路冠军。因此，他不可能像哥伦布发现新大陆、陈景润摘下哥德巴赫猜想的数学明珠那样名扬全球；也不可能像中国女排数次夺冠后而引起举世的注目；他更没有操持过为民请命的权柄，而博得什么“青天”的赞誉。他，只不过是辽河油田研究院一个普通的地质师——王树民。

他曾和祖国一道从严冬里走来，披一身风雪，踏一路荆棘，在阳光明媚的春天耸起，像一座钻塔，不，是一座丰碑……

然而，这个极其普通的中年知识分子的病逝，却引起了人们极大的悲痛。他所在的地质试验室为他举行的追悼会“升格”了。除室里的人外，院领导、退居二线的老干部来了，许多科室不大熟悉他的人也来了。这里没有摆放更多别致的花圈和时髦的挽幛，但重复的哀乐却撕着人们的心，夺着人们的泪，勾起人们对这个不长寿的好人一串串的回忆……

理想的升华

SHI DAI YUE ZHANG

那是主人公与死神搏斗的日子，在辽河油田研究院地质试验室党支部办公室，党支部书记梁新献以非常压抑的心情把王树民写给党支部的两份思想汇报摆到了我的面前：

第一份思想汇报，时间：1985 年 1 月 22 日，即主人公胃癌切除手术后的 8 个月零 4 天。内容摘抄如下：

1984年过去了，回顾过去的一年，有两件事使我的心情久久不能平静。第一是加入了中国共产党，实现了多年的愿望，这是我政治生活中的一件大喜事儿。第二是连续地提了几级工资，这是我工作二十多年连想也不敢想的事儿，而现在却成了不可否认的事实。个人的幸运都应归功于党，归功于十一届三中全会以来党的方针政策。这次我虽然患了癌症，但由于党的关怀，院党委及时地组织各方面力量，全力以赴地进行抢救，终于使我转危为安。党组织及同志们给我的鼓励与支持，使我增添了战胜不治之症的勇气和力量。现在我又回到了办公室，我更要珍惜剩下的宝贵时间，以一个共产党员的标准严格要求自己，尽一切力量，在1985年将《稠油开发中的黏土矿物研究》课题搞完搞好，将辽河油田稠油砂岩中的粘土矿物理出个头绪来。

第二份思想汇报，时间：1985年7月10日，即王树民开始与死神激烈搏斗的日子。内容如下：

这段时间里，上了4次党课，很受教育。实践证明对广大党员和干部时刻进行增强党性和理想前途教育是非常必要的。作为一个党员，没有理想，就等于失去了奋斗目标。没有党性或党性不强，就不能全心全意为人民服务。虽然自己韶华已过，但理想不能丢，全心全意为人民服务的宗旨不能变。我不折不扣地听从党的教导，服从党的安排，为实现远大理想而奋斗不息。

我这段工作，还是按原计划进行，时间长点儿，眼睛有点吃不消，只好起来活动活动，然后再继续工作，争取三季度搞完各项实验室资料的综合分析。

这是两份极不平凡的思想汇报，如果出自伟人、英雄之手，足够送进中国革命历史博物馆陈列的资格，可他是凡人。不过，从那字里行间蕴含的不正是一代知识分子的崇高理想和不懈追求吗？

足迹，印在清贫的生活旅程

其实，命运给他设计了一段很难行走的路程。

1936 年，王树民出生在长白山脚下的双阳县。当他呱呱坠地时，命运就跟他开了一个幽默而又滑稽的玩笑，因借祖父之“光”，决定了在他未来的履历表上要填下“地主”二字。父亲是个教师，职业的本能驱使他常向小树民传授只有念好书才会有出息、干大事儿。树民歪着小脑袋，依偎在爸爸怀里，听得那么入神。可他怎么也不明白：如果知识完全可以拯救一切，那么具有五千年历史的文明古国演出的一幕幕悲剧、闹剧又当何论呢?

幼年丧母是人生中的一大不幸，他未能幸免。13 岁那年母亲和他过早地永别了。冬天，他穿着打满补丁、不遮风寒的衣服和露着后脚跟的旧棉鞋，艰难地跋涉在白雪皑皑的上学路上。脚后跟生了冻疮，红肿，又常常化脓，小树民不声不响地忍受着。上中学了，学校离家二十多里，他只好住宿。家里掏不起伙食费，他就带上点儿高粱米，几个同学轮流当伙头军。就这样，他默默地经受着现实生活中一道道复杂难题的考验……

1955 年，树民完成了高中学业，在报考大学的第二志愿栏里填下了“北京航空学院”，这是他倾慕已久的专业。可在那火红的年代，不“上天”就得“落地”。招生人员板着面孔，那放大镜似的眼睛一下子就盯住了他那张报表上的“地主”二字。由于他考试成绩突出，平时表现较好，不久便接到了长春地质学院的录取通知书。这对一个农村青年来说就已经很满足了，何况像树民这样家庭出身的“知足者”呢？他向将要“上天”的同学们告别：“你们‘上天’，那就像雄鹰展开刚毅的翅膀，搏击风云，在碧空中飞翔吧！我‘落地’，就专门研究大地之下的奥秘……”

“壮志与热情是伟大的辅翼。”树民从跨入大学校门那天起，在 4 年的寒窗生活中，一直品学兼优，无论是期中测验还是期末统考，他的成绩在班里总是名列前茅。毕业时，由于学习成绩优良被分配到北京中国科学院地质研究所。于是，他清贫的生活又进入了一个新的里程。

每月56元的工资还没有发下来，便早派上了用场：赡养老人和保证全家糊口30元，个人伙食费20元，买书和零花6元，这个“报销单”月月如此。春节前两个月，更要省吃俭用，然后再借上一笔钱，等回家探亲时交给家里做口粮款。回京后再勒紧裤带，日积月累，还清外债。一连16年，都是如此。16年里，地质研究所食堂里丙等卖菜窗口像一只睁得很大的眼睛，死死地盯住了他。因为这里的菜最便宜——每个菜一角，而甲窗口二角，乙窗口一角五。他为什么不到甲窗口、乙窗口去站一会儿呢？他想过，而且想过不止一次。可他一摸自己空空的兜，一想起自己那张工资分配单就裹足不前了。他想，这是绝对不能“串岗乱岗”的。即使肚子里发生了“战争”，也要取胜于坚持与忍耐之中。

这期间，尽管生活如此艰辛，可他却硬挺了过来。毕业不到两年，他就参加了彭琪瑞教授主编的《中国黏土矿物研究》的编纂工作，其中数据试验工作是他带几名年轻的同事完成的。于是，我国年轻的黏土矿物研究事业，有了插翅腾飞的基础。

1964年仲秋，江西上犹江电站火速上马，树民和他的同行们参加了这一项目建设。他们风餐露宿、废寝忘食，采来一块块样品，进行着上千次的精密分析，终于为电站坝基的建设提供了可靠的粘土矿物资料。二十几个春秋过去了，上犹江电站经受了大自然的洗礼，仍坚如磐石地挺立在江西的大地上。

树民在平凡的岗位上默默地奉献着。可他也是血肉之躯，他应该得到常人应该得到的一切，他也有养育他的老父，也有相濡以沫的妻子和天真可爱的孩子，他也应该像常人一样尽晚辈之孝、丈夫之爱、父辈之责呀！可他远在异地，每年与家人团聚不过30天。每次与妻子分手时，总是不忍离别，只好以“两情若是长久时，又岂在朝朝暮暮”那古老的词句来劝勉自己，心一横，又从容地踏上征途。

工作之余，漫漫的长夜中，他的心牵挂着千里之外家中的一切：妻子顶着烈日在田里辛勤地劳动，年迈的父亲上山砍柴……他期待着早日结束这牛郎织女般的生活。

这一天终于来到了。1974 年 10 月，在组织和个人的努力下，树民调到了辽河油田研究院。对他来说，这里比北京更有吸引力，不仅能解决家属来矿，而且子女还可就业。他满足了，在他眼里，这儿简直是地球上最好的一块地方。

报到的第 3 天，同来的人中有的开始联系办理家属来矿，有的安排子女就业，可唯有树民却接受了一项紧急任务——到玉门参加石油部油层物性攻关队，并负责热解除油部分油层物性分析法的讲义编写工作。此时，爱人和孩子都在老家农村，户口房子全无着落，大女儿又不知何时招工，可树民欣然地接受了任务。他说："领导让我去玉门参加攻关会战，这是相信我。"于是，他把尚未打开的行李原封不动地放在岩心库里，将家属随矿、子女招工之事拜托别人。待他一年后回来，打开行李一看，从北京来时带的挂面已成粉末，被子也被老鼠咬了几个大洞。再看，从北京同来的人中，有的已安了家，子女参加了工作。可他，还是人地两生，事事全无着落。大女儿错过了招工机会，只好当了一年临时工。尽管如此，可从他的表情中仍然流露出满意的微笑，因为他圆满地完成了任务，将热解除油方法试验运用到生产上来，并将影响分析质量的诸方面因素进行反复试验，大大减轻了工作量，提高了工作效率，受到了领导的表扬。

人生的道路，有时山重水复，有时柳暗花明，王树民终于从大半生的清苦生活的羁绊中挣脱出来。到辽河油田以后，职称晋升，家属来矿，子女就业，工资连续长了几级……一切都使他如愿以偿了。

最后的奉献

1985 年的日历翻到了 1 月 3 日，从上海开往东北的列车上坐着一位面庞瘦削的病人——王树民。他是前一天在上海大医院化疗后匆匆踏上归程的。列车风驰电掣地驶向一望无际的辽河平原。他透过车窗远眺辽阔平原上座座直插蓝天的钻塔，一具具银光闪闪的储油罐，一条条飞腾而去的油龙和那星罗棋布的采油树，仿佛闻到了朵朵油花的芳香……他心急如焚，惦记着因病搁浅的《稠油储层中黏土矿物特征的研究》课题，恨不得立刻回到办公室，见到他日夜思念的同志们和实验台。他知道自己剩下的时间不多了……在他看来，时间是财富，他的田地是时间。

利用寸阴是在任何种类的战斗中博得胜利的秘诀。他找到了室领导，再三要求承担课题。室领导一再说让他好好休息养病，可他硬是不肯。看到老王恳切的目光，室领导只好让他继续去年的研究课题。他高兴了，收集资料，采集样品，分析鉴定，就连样品编号这种简单的工作，也认真仔细地去做。他为了更多地占有时间，忘记了医嘱，放弃了中间加餐。他术后胃仅剩下三分之一，每顿只能吃一小碗米饭，每隔两小时就要进餐一次。可是，他惜时如金，宁肯饿着也舍不得耽误工作时间。就是硬被同志们撵回去或被老伴找回去用餐，他也要想方设法补上时间。下班的铃声响过了半个小时，他仍潜心于自己的研究之中。不过，他是在勉强地支持着，虚汗不停地顺脸颊淌下……是啊！时间不能增添一个人的生命，然而珍惜光阴会使生命变得更有价值。

时间是权威而高产的作家，它可写出未来的结局。他在完成了资料的收集和稠油区黏土矿物类型、含量、变化规律的分析后，便开始动笔撰写论文了。然而，他的病情开始迅速地恶化，面色变黄，眼窝下陷，目光发锈，胸闷，饭量减少。室主任、支部书记劝他住院，室里的同志们催他去检查，他回答："这个节骨眼儿上，我怎么能躺下不干呢？"就这么干脆而又简单。夜深了，树民的化验室的灯却还亮着。他支撑着瘦弱的身子，伏案疾书，用笔和纸在演奏着一曲生命的交响曲，向党和人民交最后的一份答卷……渐渐地，他的皮肤已黄得发亮，眼睛也不听使唤了，可他还在赶班加点。有时已经睡下，突然想起一个问题，又霍地坐起，披上衣服，踉踉跄跄地来到办公室记下来，或者核对一下资料。

"古之成大事者，不唯有超世之才，亦有坚忍不拔之志。"王树民以惊人的毅力，终于完成了《辽河油田稠油黏土矿物特征研究》的论文，通过对蒙脱石加热的研究，证实了以蒙脱石为主的黏土矿物进行蒸汽吞吐采油是有利的。这是辽河油田第一次从矿物学的角度解决了稠油蒸汽吞吐开采中的一些难题，被评为院优秀科研成果，并推荐报局。此时，树民的嘴角显出了笑纹……

在人们的眼里，树民不正是鲁迅先生所说的那种自古以来埋头苦干、拼命硬干的人吗？是的，这就是中国的脊梁。

王树民预感到生命的乐曲将要接近尾声。在这种即使是意志坚强的人也很容易被击垮的时候，他没有消沉，又做出无私的奉献。去年8月，辽南地区遭受了百年不遇的洪涝灾害。王树民由于病情的恶化，不能到抗洪抢险第一线，他急得团团转。多么希望能到大坝上添一锹土，出一把力啊！紧急关头，他想到了正在大学读书放假在家的儿子，他说："孩子，爸爸身体不行了，你去替爸爸尽一个新党员的微薄之力吧。"

时间又过了半年。沈阳肿瘤医院。大夫面部表情严肃，十分惋惜地对王树民说："你怎么现在才来复查，如果按时复查，情况肯定会好一些。"应该说他错过了治疗的最佳时机，如果他能享受到高级医院器械的定期检查，吃上进口的特效药，不拼命与时间争夺，死神也许还会宽容他一段时间。

从沈阳复查回来，遵医嘱他只好住进了油田第一医院。在有关领导的关怀下，医院再次给他会诊，善良的医生们尽力为他延长生命的时间。听到他病情恶化的消息，室党支部书记梁新献、工会主席陈顺华带着 80 元救济款来看他。树民近几年生活上虽然变化很大，但在油田还属下乘。四个孩子，一个在大学读书，每月五张“大团结”照寄不误；两个女儿已出嫁，还有一个小儿子在读初中，老伴又是家属。可工会每次给他困难救济时，他总是不肯填表，并一再谦让说：“我是工会委员，不能带头吃救济，还有比我更困难的同志。”这次，他还是再三推让，说：“我很长时间没工作了，还给组织添麻烦，太过意不去了！”

他的知音——副主任地质师孙镇城同志站在他的病榻前，不禁想起了树民手术那天的一段话：“老孙，如果我下不了手术台，替我办三件事：一是我还不是党员，请向党组织转达我的心愿；二是我上次出差没报销，欠财务近二百元钱，督促家里还清；三是做家里的工作，不准向组织提任何要求。”虽说男儿有泪不轻弹，但此时，老孙的眼角湿润了。

院领导来看他了，全院认识他的人几乎都来看他了，他像磁石一样把人们紧紧地吸引着……这是那种靠权势酿成的一哄而起、一闪即逝的表面热烈所能比拟的吗？

辽河油田党委宣传部负责同志要求把他的事迹赶快整理出来，广泛宣传。

医院的领导和医生们大声疾呼，要宣传王树民这样的典型，以此鞭策那些小病大养、无病呻吟、处处要组织照顾的人；《辽河石油报》1986 年 6 月 26 日发表了整版篇幅的报告文学《时光啊！请慢些走》，报道了他“春蚕到死丝方尽”的可贵品格，以时光拟人，挽留树民这样的好人慢些离去。

1986 年 6 月 28 日 21 时 36 分，这颗普通的心脏停止了跳动。可就在前几个小时，他在品尝姐姐从石家庄带来的鲜桃的甘甜时，还没有忘记他对面床上和他病情相似的患者，用手无力地示意，让身边的女儿将鲜桃递给了病友。如果把树民喻为春蚕，这不就是他吐的最后一口丝吗？

王树民病逝的消息在辽河百里油田上不胫而走。人们的心中耸起一尊闪光的塑像。

（发表于1986年）

名 香

他俩的爱情，只因双方都没有心灵的缺欠，才像男主人公灰抹子下的水刷石一样赤橙黄绿……当我陪同中央电视台编导童国平到辽河油田油建一公司一大队这个文明之家采访时，夫妻俩会意地把记忆的指针拨到了1970年——

> 爱人至少要在心灵方面没有欠缺，如果只是身体的欠缺，那么还不失其可爱。
>
> ——柏拉图

正是清新醇香的报春花含苞待放的时节，辽河油田来到赵明久和陈艳芝所在的青年点招工。明久乐哈哈地穿上了石油工人的“道道服”。晚上翻来覆去睡不着，他寻思着，这回可算熬出了这苦地方，再也不是“再教育”的对象了，吃红本粮，挣现钱，也可以参与“领导一切”了……高兴之余，他的心又忐忑不安起来：“我不能走，扔下艳芝怎么办？不能，决不能。”他的内心世界在激烈地斗争着。

“你先走，不能都陷在这儿啊！”艳芝在诚恳地劝着明久。

“那你咋办？”明久关切地问她。她爽朗地回答道：“原来咋办还咋办呗！只要你的心永远是红的……给！”她顺手从衣兜里拿出一件白线织物，递给明久。明久仔细一看，是一个手织的胡琴套。看着它，明久耳边不禁响起了她那清脆圆润的歌声：

红岩上红梅开，
千里冰霜脚下踩。
三九严寒何所惧，
一片丹心向阳开。

这是艳芝最喜欢唱的歌，也是明久最愿用二胡为她伴奏的曲子。往日，劳动收工回来，有的知青看书，有的给家里写信，也有的违心去给生产队长、大队支书献媚。唯有他俩坐在知青大院里的一条长凳上，他拉，她唱，歌声那么动人，歌声驱走了一天的劳累，填补了心里的空虚……

如今，两人就要分手了，明久手里拿着他们定情的礼物，凝视良久，不忍离去。

她仍在好好地表现，等待良机。在那插满红旗的山坡上，挑土、担粪、修大寨田。她和膀大腰圆的小伙子们比着干。就在那时，她光荣地加入了中国共产党。作为党员，对青年点儿生活上的困苦煎熬，她要带头顶得住。公社、县委领导来检查时，问苦不苦，知青们你看我，我看你，无一人言语。此时，她急了。她是党员，她要让领导从她的回答中得到一种满足，于是她应声说："不苦，就是苦点儿我们也能克服，接受再教育哪能怕苦呀！"领导们当然从她那富有革命色彩的豪言壮语中得到了宽慰，满意地走了。

她呢，仍和知青们一道，啃着苞米面饼子，就着大咸菜，勉强地吞食着。

渐渐地，点儿上的人陆续地挖门子、找路子走了，唯独剩下她一个人。一个姑娘家，怎么好一个人顶着那一栋房子？况且晚上这屋子周围常有狼出没。她害怕，她不安，她终于跑回了海城，待在家里。

1974 年，她和明久结婚了。没有婚礼，没有像样的家具，更没有当今姑娘出嫁时披纱戴玉的彩照。她在失去中寻找着，又在寻找中失去着……

海城地震发生了。1975 年 2 月 4 日。一道道蓝光闪过的时候，她正在月子里。房子被震倒了，家当被砸坏了，余震不断。处于惊恐之中，晚上一闭眼就好像地又动了，只好坐起来，处于临战状态，有时白白熬到天亮。而当时的明久还在油田坚持抗震生产。她挂念明久，操心孩子，加上房子潮湿，一股火，眼睛患了风湿性虹膜炎，视力在悄悄地减退。

1978 年，时运有了好转，盘锦的他和海城的她结束了两地生活，搬进了油田的一顶帐篷里。可是，此时，厄运又悄悄地降临。她的视力已明显地减退，为了不影响丈夫的工作，她没有惊动他。终于有一天，没有逃过丈夫的眼睛。她把孩子的衣服穿反了。他急忙带着她，来到沈阳医大。大夫们非常惋惜地说："来得太晚了。"

"大夫，没招了吗？"明久急不可待地追问。大夫同情地摇头。此刻的明久，已经明白了将要来到他面前的命运。过一段时间，两人终于迎来了一个不幸的晚上。"明久，把灯打开！"明久心中一愣，他失望了，彻底失望了！他看着那 100 瓦的灯泡把整个帐篷照得雪亮，还开什么灯呢？她真的失明了！

这一夜，两人谁也没有入睡，可谁也没说一句话。

她想，明久是个好男人，我没工作，他没有嫌弃我，可他还年轻，我不能连累他……

他想，命中注定，摊上就得认了。她也够苦的了，我只好多操劳，尽一个丈夫的责任吧！可翻身又一想，我才三十几岁呀！今后……当他心中闪出又一个意念时，又立刻被他的自控力消除了，不能！在知青点儿时，是她双手泡在刺骨的冷水里为我洗涮；昏暗的油灯下，是她为我穿针引线，细细缝补；每人每顿的三个苞米面饼顶不住繁重的体力劳动，是她每顿节省一个，使我度过了艰难岁月……

"应该让别人的生活因为有了你的生存而更加美好。"她虽记不起这是哪位哲人之言，但她知道为了孩子，为了明久，才是她生活的全部。可眼下，她又能为明久做些什么呢？她不能替他更好地抚养后代、料理家务，不能为家庭带来几多欢乐，不能陪他说说笑笑地走进那华丽的影剧院和琳琅满目的商场……她不能，全不能……她想到轻生。

已是夜里十点多钟，明久收工后急匆匆地走回家中。院内、屋内静得出奇，他感到有一种不祥之兆笼罩了他的家庭。“艳芝”，没有回声。“连波、连涛”（孩子的名字），也没有回声。他慌了，借着月光寻觅着，呼喊着。

在离家一里半地的稻田水渠上．他听到了妻子的低声抽泣，听到两个孩子哀求地劝说：“妈妈，回去吧！没有你，我们怎么活呀？回去吧！妈妈！”

宁静的夜晚，这哭声、喊叫声，催促他加快了脚步，飞也似的来到她和孩子们身边。他什么也没说，更谈不上倾吐那种富有诗意、充满哲理的浪漫语言，去开启她内心之锁，使她扬起生活的风帆。他只是用手把她从水渠堤坝上搀扶起来，拉着她的手，缓缓地朝家走。一里多地的行程，两人无一言语。此时，两人都觉得只有沉默，才是相互的最大理解。

理解，往往是善良的基石。艳芝心里明白，明久为了工作，常常是起早贪黑。他是班长，需要带领一班人去干啊！

明久更是彻夜未眠……

她，三岁就寄人篱下，饱尝了白眼、凶狠、虚伪和狡诈；下乡、待业，她怀着赤诚的狂热，经历着痛苦和磨难。她对生活没有更多的追求，更没有超出实际的幻想，她只希望有一个工作，不管什么工种，哪怕是力气活，甚至清洁工，再脏再累她都吃得消，因为她有力气，更善于用汗水来换得她需要的一切。然而，命运之神不仅连最廉价的需要也未给她安排，反而又在她眼前布满了黑暗……

要让她打起精神，鼓起勇气，首先自己要做生活的强者，把悲伤化为力量。

他又拉起了二胡，妻子几乎泯灭的音乐细胞又开始复苏，又像在青年点时一样，一唱一和，在生活的琴弦上，奏出了绿色的音符。

“艳芝，你只要好好地活着，两个孩子有妈妈，家里的事情有我干，只要多出点儿力，工作也会干得好好的。”

她在家里太寂寞了，他就设法为她解闷，为她消愁。他在野外施工，舍不得吃带肉的炒菜，就用咸菜下饭，省下30元钱，买来半导体，为她增添生活的欢乐。

她看不见五彩缤纷、日新月异的大千世界，明久就津津乐道地把他的所见所闻讲给她听。

此刻，她干涸的泪泉底处开始升腾着希望的火焰，她要在黑暗中寻求曙光的降临。

床前，洒满月光；床上，两人低声细语。她说：“家里的事儿我全包了，你在外边多干点儿，把我那份儿带出来，不就等于我也有一双眼睛了吗？”他说：“外边的事儿你放心，家里的事儿你不能干全留给我。”她开始摸着做饭，爆锅时，好不容易摸到盛有液体的瓶子，把醋当酱油倒进了锅里。吃饭时，明久夹了第一口菜，一尝，酸极了。她问他菜好不好吃，他应声说：“好吃。”她自己吃了一口，心如刀剜。

为了让明久和孩子们吃得可口些，她又练做馒头，摸来摸去，还是把盐当苏打放到了面里。孩子们吃得直咳嗽，可谁也不说一个咸字。

碗、碟一个一个地被打碎了，明久又去买来新的；油、酱经常被碰洒在地上，明久就用拖布细心地拖净；明久把油倒在碗里，让她用勺掌握准确的用量；油、盐、酱、醋难以分清，她就用心品尝。天数久了，烙饼、包饺子竟成了她的拿手戏。

明久忏悔没有尽到丈夫的责任，想请求领导换个工作，辞去班长职务，抽空多照料她。可她说：“我不能为油田建设干点儿什么，反倒拖累你，那可咋说出口哇！”

打那以后，艳芝让明久安心在一线工作，自己承担起对她来说是艰难的家务。她摸呀！练呀！做针线、打毛衣时，不知手被针扎得流了多少滴血，手指肿得竟像个胡萝卜。终于，把丈夫、孩子的棉衣拆洗得干干净净，大人孩子照样穿着她自己织的毛衣，明久和两个小男孩平时总是穿得整整齐齐。

两个人终于成为生活的强者，像搏击风雨的海燕在比翼齐飞着。1983 年，他光荣地加入了中国共产党，1985 年，被所在的油建一公司党委树为 15 个标兵之一；他因为获得了她的一半，多年一直是油建一公司顶呱呱的先进工作者；他所领导的抹灰班多次被评为先进班组。打那以后，他更加忘我地在那高高的脚手架上爬上爬下。每天天刚放亮，他就来到工地开始做施工的准备工作，夜幕轻垂时才回到家里。1985 年汛期，特大洪水袭击了油田。已经当上副队长的赵明久，舍弃小家带领着队伍日夜地守护着堤坝。洪峰袭来，他所在的油建一公司一大队的家属区水深齐膝，明久家也进了水，艳芝摸索着吃力地把东西抬到高处。可明久从堤坝回来后就东家进、西家出帮助搬东西，动员老人孩子们转移，就是没进自己家门。

人们敬佩他，赞扬他像个党员的样子。可他说：“这是艳芝教给我的，党员在吃紧的时候要先顾别人。”

多好的男儿，多美的女性，一对普通的共产党员。

这正是：“美德有如名香，经燃烧或榨其香愈烈，盖幸运最能显露恶德，而厄运最能显露美德也。”

（发表于1985年）

他、她、孩子

在共和国的版图上，分布着数以万计的家庭细胞，有的在繁华都市，有的在古朴小镇，有的在被阡陌拥抱、绿色掩映的农村……可由本文的主人公温玉春、刘淑琴组成的“细胞”却居于前不着村、后不着店的僻野里。这儿离主人公的厂部——辽河油田兴隆台采油厂一百多里，离古镇田庄台也有几十里。油井是他（她）们最和睦的邻居，抽油机是他（她）们最忠诚的伴侣。三千多个白昼里，两人和谐地编导并演出了一支“夫妻井”之歌——10 年为国家生产原油上万吨，天然气达五千多万方。因而，夫妻俩的名字赫然出现在辽河油田劳动模范的光荣册上。

现实是此岸，理想是彼岸，中间隔着湍急的河流，行动则是架在川上的桥梁。

——克雷洛夫

时光倒退到 1977 年早春，共和国北方的辽南乍暖还寒，两人因心里都想着“党员要像个样”而来到了荣 4 井。

这儿是个什么样的地方呢？绝无小轿车、摩天楼、林荫道，更不见堂皇华丽的影剧院、琳琅满目的百货商店，也没有可以凭栏而倚倾吐绵绵情意的公园。除安分守己的 3 口油井之外，唯一能和他们相依为伴的就是那三间属于他们、芦苇裹着的小屋了。荒寂、冷清属于这儿最有个性的特征。

细心的妻子首先想到的并不是诸如怎样管好油井、如何保持油井压力、稳产高产，更没想将来如何如何被人说个好。她忧虑的是将来孩子到哪儿上学，她这个家庭主妇到哪去弄油盐酱醋。

事实上，人类也要有梦想者，这种人醉心于大公无私和事业的发展，因而不能注意自身的物质利益。显然，丈夫做的是金色的梦。有所得总会有所失，失就失吧！既来之，则安之，干出个名堂来！

昏暗的灯光下，夫妻俩坐在潮乎乎的床铺上，相视许久，竟无语凝咽。还是妻子稳不住神儿，启齿开口："从大庆折腾到辽河，我跟你享到什么福了？今后可咋办啊？""谁叫咱是党员了呢？这差使，咱不干，怎能听得了那些俏皮话呀！领导上决定的事儿，就不能在咱这号人身上卡壳。干吧！睡觉。"丈夫说完，把灯熄灭了。这一夜，两人各自翻身都听得一清二楚，实在没有睡意。

黎明刚至，温玉春一轱辘从床上爬起来，穿好衣服上他的井去了。从此，他就整天忙于繁重的油井管理，清蜡、取样……含辛茹苦地酿造着那甜蜜的事业。

她呢？在和他作对，整天坐在房门前，呆呆地凝视远方，两道眉毛紧锁着，一天天变得寡言少语了。实在忍耐不住了，放起了连珠炮："你究竟走不走？""往哪走？"丈夫毫不动摇地回答她。"你喜欢这儿，你就跟油井睡吧！反正我走。"妻子把早已收拾好的包裹拎到手里，边说边往外走。

温玉春一把拦住她问："往哪走？""离婚！"妻子坚定地说。

温玉春被这突如其来的"炮弹"惊呆了，脸色通红，半天才说出一句话："离吧，离了我也不走！"

"那就骑毛驴看唱本，走着瞧吧！"

刘淑琴赌着气，回到了东沟县的娘家。

"男人的一半是女人。"这话，确切得似乎不需要对它的正确性加以讨论。温玉春虽说是一个有骨气的男子汉，但也照样经不住缺少女人滋味的折腾。他白天盯在井上，晚间独自守在冷清的家里，心里总像缺点啥，坐不安，站不稳的，更睡不着。家，是私有制的产物，是社会的细胞，并且是和女人们的存在连在一起的。迄今世界上尚未发现哪个文明和谐的家庭能离开女人。温玉春眼下这个家就更离不开她了，更需要她为伴，并一块管理油井。没有她，何以成家呢？

如银的月光透过窗子泻在他的脸上，愈发增添了孤寂的氛围。他怎么也睡不着了：淑琴她怎样了，还能回来吗？何时能回来呢？他想啊想，眼睛瞪得圆圆的，愈发没有困意，只怨那明月不谙离别苦……他意识到该睡了，一早还要上井，只好 1、2、3、4 地数起来。数啊数，怎么数也还是睡不着，腾地坐起，把被子蹬到一边，开了灯，披上衣服，找来纸和笔，开始给淑琴写信。

淑琴：

这些年，你难道还不理解我吗？这儿是苦点儿，可是咱不来，还得有人来。这 3 口井就像 3 个需要让人照料的孩子，怎么能忍心扔下不管呢？何况我是个党员，你太应该支持我了……

其实刘淑琴回娘家，闹离婚，只不过是和温玉春赌气，想以此把他拉回来。当她看完玉春的来信后，便有些内疚了，竟忍不住呜呜地哭了起来，她忏悔自己错怪了丈夫。

她终于回来了，正是播种希望的季节——1978 年春天。裂痕很快愈合，他们互相谅解着、恩爱着，并在房前栽下了一棵柳树，象征着两人为了事业和爱情，性格要像柳树一样温柔坚韧，把根深深地扎在这块土地上。

平衡，只存在于一定的空间和时间里，终究要被打破的。1979 年，刘淑琴生了一个男孩，这虽然给夫妻生活增添了欢乐，但也给他们的事业带来了麻烦。没有托儿所，她上井，孩子怎么办？开始，她心一横，把孩子锁在屋里。渐渐地孩子长大了，有些懂事了，一见妈妈拿那把锁头，便哇哇地哭个不停。为了油井，她只好狠下心，锁门而去。有时走出好远，仍能听到小宝贝的哭声。每当她从井上回来，一进院，就看到孩子的小脸紧贴在窗子上，用沙哑的嗓子哭喊着。见此景，刘淑琴心里的滋味难以忍受，真不知如何是好。

一天，刘淑琴从井上回来晚了，刚一推门，只见小宝贝靠在墙角，用一只手扶着另一只胳膊，疼得直叫。刘淑琴赶紧跑过去脱下孩子的衣袖，用手一摸，啊！胳膊断了，她惊慌起来，眼睛直勾勾地望着孩子愣了好大工夫，才想到抱着孩子去找医生。哪有医院呢！去营口上百里，回油田总医院，交通又不方便，只好沿着崎岖坎坷的小路，深一脚，浅一脚地找到了一间小诊所……

在当今父母视独生子女为“小皇帝”的年代里，别说孩子断了胳膊，就是多哭上几声，也够父母心痛几天的了。

温玉春和刘淑琴管理的荣 4 井，每天产气三万多立方米，足能满足辽河油田机修厂千余户职工的生活用气。1984 年冬天，气管线冻了，温玉春心急如焚，第二天一早，就带上油桶出发了。他沿着管线的走向，边走边用火烤，当 7000 米长的气管线被烤通时，他已汗流浃背了。那是 7000 米啊！是燃烧的 7000 米，是奉献的 7000 米啊！

1985 年汛期，温玉春夫妻俩所处的荣 4 井一带已经水临“城下”了。那是 8 月 19 日，老天又发起了脾气，雨哗哗地下个不停，简易的房子面临倒塌的危险。他们先把孩子送到五米多高的油罐顶上，然后又去屋后排水。这时，突然发现油池内七吨多原油眼看就要溢到了地面。此时此刻，夫妻俩不顾一切地忙乎起来。先在油池底部挖个坑，找来一根油管插了下去，把沉在油下的水放了出来，增大了油池的容积，直到把原油损失减少到最低程度，两人才松了一口气。这时，才想起了油罐上面的孩子。孩子，已经被雨淋得直打哆嗦，缩成一团。

孩子，作为人类的未来，应该有他们幸福的童年，应该得到良好的启蒙教育，应该享受到幼年时期该享受的一切。可温玉春的小宝贝，只能从父母亲的忘我劳动中得到启迪，本能地负载着幼苗不该过早经受的磨难。世界上最懂事的孩子也莫过如此吧！

他、她、孩子，昨天从此岸越过湍急的河流，胜利地走向了彼岸，终于在河川上架起了理想的桥梁。你看吧！明天，未来，会有更多的他、她、孩子将在这座桥上拥抱着甜蜜的生活！

（发表于1990年）

▶ 采油女工风采。

天　平

谨以此文献给经常深入基层的机关干部们。

——题记

SHI DAI YUE ZHANG

引　子

“三个面向，五到现场”——这从20世纪60年代在石油战线机关里就很流行的词儿，20年后仍然很流行。人们提起这个词儿，似乎将其视为衡量机关作风好坏、办事效率高低的砝码。

本文的主人公，在东北的绕阳河畔曙光采油厂这偌大的天平上被公正地称了称：时间，1987年5月14日8时32分。他肩披双红，胸前还缀着一朵红绢花，在众目睽睽之下，和其他劳模一样，在热烈的掌声中，很不情愿地坐到了被指定的劳模席位上。此刻，记者们的照相机、摄像机和麦克风对准了他——辽河油田高级工程师宋学仁。

历来，领导机关的干部们在深入基层的问题上创造出许多模式，归结起来，无非两种，一是走马“观花”，二是下马“栽花”，模式不同，功利不等。

蓦地，我的目光自然转向了他。职业的本能为他人作嫁衣的兴趣便油然而生，几个难以忘却的采访对象开始跃于脑际：

之一，曙光采油厂厂长朱章华。他说：“老宋给咱办实事儿，几天不来挺想他。”

办了啥实事儿，我自然要顺藤摸瓜。坐在我面前的朱厂长操着标准的普通话，打开了记忆的闸门：

老宋可帮了我厂的大忙，上边有啥新精神，局领导在哪个会上对我厂工作有啥要求，他都及时地原原本本地传过来。有时工作缠身来不了，就打个电话。这样，我这一厂之长的信息灵多了，决策也有依据了。工作有啥难题需要局里解决的，他及时带回去，并很快给个回音，就像我厂的驻局“大使”。那次杜 129 块 3 口井因缺 15 公里 2 寸钢管不能投产，工人急，干部急，我也急得团团转。正在这个节骨眼儿上，老宋来了，一听，比我更着急，调转车头，一阵风似的跑回局里，向领导如实汇报。下午一上班，就来电话，告诉我钢管问题解决了，派车到油建二公司拉吧！按说，作为“大使”，这已经很尽责了。谁知第二天上午又来电话问钢管拉了没有。3 口新井及时投产了，原油日产又增加了 250 吨，那天晚上我也香香地来了一觉。

要说老宋为我厂办的实事儿，就像满架的葡萄一串一串的，从工人到干部全折服。1986 年 8 月份，我们在某些井上采取控制套管气生产措施，可苦于没有放气阀。大家一直想不出办法。老宋眉头一皱，返到局里，找了有关处室一商量，很快解决了。仅此一项，就增产原油 2396 吨。直接和生产有关的事儿他管，间接有关的他也管。1986 年 9 月的一天，他参加二大队生产措施讨论会，休息时，一位老师傅提起他在钻井三校（七分场处）上学的小孩被停学半个多月了，孩子在家里吵吵闹闹，埋怨老子无能。老宋听后，心里一阵惆怅，职工怎能带着忧虑上班呢？他又详细地问明是因为教师问题，两个单位有点摩擦而造成。回局后他向局领导“告了一状”，在领导和有关处室的重视下，问题很快解决了。当他再到二大队时，那位老师傅满脸全是笑，高兴地告诉老宋：“孩子可算上学了，家里安定了，我近来的工作也有劲头了。”

机关干部下去真正办点儿实事儿，基层同志心底会受到震撼；而下去浮光掠影、走马观花、搪塞推诿，基层同志的感受又会如何呢？

——笔者的思考

之二，副厂长苏忠学。他说："如果机关干部都像老宋那样严格要求自己，机关威信就像芝麻开花节节高啦。"

他用手比划着，又将"节节高"三字重复了一遍。这是一位老石油，性格里蕴含着西北人特有的粗犷与直率。他开门见山地把对宋学仁的印象毫不保留地用高大的嗓门数叨了一通。

宋学仁敢管，要求严，不回避矛盾，在机关干部里（沉思一下，伸左手拇指）数头号。工作中的低标准、老毛病、坏作风在他那不开绿灯。那会儿曙光古潜山打出了一口油气显示较好的轮替井，为尽快取得产能建设资料，加快油建工程建设，决定原钻机试油。他在现场发现，井下管柱没有下到井底，泥浆替不出来，裸眼井段的油层泥浆压不住，油井喷不了，替泥浆用水也不合格，拉来的几罐车清水不用，被白白放掉，用雨后坑中积水施工。这还解放油层，解放个屁呀！这是玩忽职守！听说老宋气得手直哆嗦，上前制止，不听。真血招没有！说也不听，老宋只好调转车头，去向总调度汇报。最后决定，用清水重新作业。工人们硬是冒着井喷的危险，把管柱下到了井底，把井筒内的泥浆全部替出，然后把管柱提到油层顶部完井。一口高产井被救活了，日产 120 来吨，多棒啊！大伙都乐颠颠地奔走相告。有些井工艺措施太差，效果不好，也瞒不过老宋。他凭其经验发现是因为压裂液和砂子质量不好，就板起面孔严厉地向施工单位提出："造成油层两次堵塞，达不到预定的效果是要负责任的。"……渐渐地这种现象也有了改变。

▶ 一丝不苟。

宋学仁倘若睁只眼、闭只眼，也无人给他戴上失职的帽子，更不少拿一分钱。要板起铁青脸，他就不怕“抬头不见低头见”吗？

——笔者的思考

苏副厂长继续他的谈话：老宋工作上敢和不良风气过不去，生活上又常和自己过不去。

他不论是到厂机关，还是到基层单位，从不用特殊招待，赶上啥吃啥，没个说。在上边机关，生活上确有不便的地方，可他到这儿，别说伸手要什么、弄什么，就是给他也不要，你活没辙呀！去年冬，厂里考虑到机关干部不享受劳保，且常下现场、蹲点，衣着单薄，就用福利基金买半身皮大衣发给他们。几个厂领导想，也让老宋享受一下咱厂机关干部的待遇。可他听了，说啥也不要。李副厂长亲自跟他谈，他还是再三拒绝，并说：“我是下来帮助工作的，分外的东西丁点儿不要。”气得李副厂长直磨叨：“这人，真有点那个……”

之三，二大队副大队长何仲斌。他说：“宋工（宋工程师的简称，也是尊称），在油田开发上有灼见，这样的干部下来真顶用。”

这人也就三十几岁，浑身一股男子汉的刚气和基层干部的朴实劲儿。一说要了解宋学仁，他未加思考地做了定性式的评价：他真行，在油田开发上有招法。我接过话茬，让其列举一二，他便滔滔不绝：

宋工给我印象最深的是讨论大凌河油田按照井组治理、补孔。那次 6317 井按电测曲线解释是水。宋工经过对比分析综合曲线，他认定该是油，可以补孔。他的话还真灵，这口井采取措施后，日增产油二十多吨。还有 7311、7310、7208 井原来是连抽带喷的井，自喷时油进站影响产量。为了降低回压，宋工又有新点子——装个地面接力泵。结果，日增产油 12 吨。这下子，宋工的威信，在我们大队忽地起来了。只要他出个招，大伙简直就视为“圣旨”。这可不是我瞎吹他，不信到下边访一访。

我当即问：“您是不是把他说得太神乎了？”何副大队长很干

脆地回答说："真的，你听着，还有呢！丢卒保车的事儿，更使你入迷。"他又不绝于耳地讲起来："大凌河油层有些井原来是气井，但气不大，平时关着，宋工提出把气放掉，肯定出油。放气时正值深冬，他拉上我，顶着雪到 7209、6311、7280 井上看放气的情况，果然不出所料，把气放了，初期日产油 30 多吨，你说解渴不！"

科学的王国毫不温情脉脉，它接纳才俊，排斥庸碌，唯有灼见者才能取得通行证。

——笔者的思考

之四，地质室主任韩永清。他说："老宋在技术上求实严谨，有眼光。"

听说我要给老宋提高点儿知名度，作为他的同行，老韩毫无相轻的表情，且所言又正对我的胃口：

老宋作为地质技术干部，作风是很严谨求实的。在油田开发方案的调整和实施上不是急功近利，而是从长计议。就说去年 10 月份，我厂完成全年生产任务很吃紧，如果入冬前上不了个大台阶，入冬后工作就更被动了。当时我们急切的心情难于言表，想来想去，一种不是办法的办法被提出来："把古潜山油井适当地放大点儿油嘴不就行了吗？"老宋听后心情不快地对大伙说："咱搞地质的，不能把希望放在放大油嘴上。如果图个眼前痛快，那将后患无穷，不能干那种'杀鸡取卵'的事儿。"在他的开导下，我们采取调整注水量、稳定地层压力的措施。他又把整个古潜山正常开的 25 口油井、8 口水井的资料，一口一口地过目，眼睛盯在报表上，哪口井的含水量上升，哪口井的压力下降了，他都了如指掌。到年底，古潜山的日产量已由年初的 1350 吨上升到 1405 吨。这回大伙可全认了。

如果技术干部人云亦云，甚至亲自导演"杀鸡取卵"的荒诞剧，那将是他生命的窒息。

——笔者的思考

之五，主人公本人。他闭口不谈，几次约见都未果。

尾　声

我的思绪回到了隆重庄严的会场，细心地翻阅着宋学仁典型事迹材料，结尾处有几句话使我感奋，便抄录于此：

> “我也跟千千万万个普通人一样，有自己的家庭、爱人和孩子，我爱我的家庭；作为共产党员的我，作为一个曾受错误路线迫害得以平反的技术干部，我更爱我的事业。”

够了，我不想再浪费笔墨去赘述他在动乱年代那恐怖的日子里怎样钻研地质技术；也不想再用华丽的辞藻去堆砌他如何不顾小家顾大家，风餐露宿，以至克服晕车带来的大口大口的呕吐，仍醉心于石油地质事业，热心地为基层服务……我只是看着他胸前的红花、肩上的红绸，觉得更和谐，灿然放光。

亲爱的机关干部们，你愿意勇敢地走下去，在基层的天平上称量一下吗？

（写于1987年，原载《神圣与悲壮》）

厚望

有些人瞧不起教师这个职业，认为它是照亮了别人，燃烧了自己，没有实惠。可我却永远地忠于这个职业，并且衣带渐宽终不悔，愿用自己不熄的生命之光，去照亮石油后代的心灵。

——本文主人公的话

金秋，成熟的季节，收获的季节。1987 年的金秋，给辽河油田机关中学头一次任高三班主任的英语教师杜晓慧带来了沉甸甸的收获：她任课的 3 个毕业班外语高考平均分数 75.6 分，列全校、全油田榜首，比辽宁省外语高考平均分数高 15 分；她任班主任的高三（二）班 44 人参加考试，28 人被录取。其中本科生 26 名，入重点高校的 20 人，一名同学的物理得 79 分，居全省第 6 名。

荣誉不是华丽的装饰品，它的真正魅力，在于把它的获得者所有的才德和价值充分地显露出来。

沉重的选择

也许因为她面色白白、视力近近的，教授的女儿，时常早起晚睡念叨几句别人听不懂的洋话单词儿的缘故，1979 年辽河油田兴隆台采油厂一大队物色外语教师时，领导从划名册上拨拉来拨拉去，还是选中了杜晓慧，并经考试，送她到沈阳进修英语。两年后，她以优异的成绩结业，回到兴隆台采油厂四校教小学。当时，“家有二斗粮，不当孩子王”的世俗短见使她萌生了一个念头，沈阳有高龄父母，无人照管，借由调回沈阳吧。犹豫之中，一件使她永生难忘的往事在眼前浮现：

那是十年前的动乱日子，她的母亲，一个大学教授，挂着“反动学术权威”的黑牌子，戴着宝塔形的高帽，被红小将们游街示众。忽然，一个中年人闯入人群，当着造反派的面，向她的母亲深深地鞠了一躬。这是母亲曾经教过的学生，一所工厂的总工程师。这是正义向邪恶、真理向谬误的挑战，这是师生情、母子心的袒露，当时在她幼小的心灵里留下深深的印记。

历史的沉痛、现实领导和群众的期望，使她坚定了当好“孩子王”的信念。1982 年 8 月，由于丈夫工作的变动，她调到辽河油田机关中学。由于该校外语教师缺乏，她接受了高中英语教师的重任。

“进修生，后补的外语，发音准确吗？教学经验丰富吗？别误人子弟。”这提醒中，分明带着藐视。她愈加感到有无数双眼睛紧紧地盯着她，心头好像压上一块沉重的铅。

平时不多言语的杜晓慧，倔强而自信。这一性格的形成，始于那个动乱的年代。那阵子，母亲被打成反动学术权威，父亲被戴上“现行反革命”的帽子。她也只好领着弟弟来到盘锦新兴农场接受再教育，脱胎换骨，争取做个名副其实的“可以教育好的子女”。善良的社员们看她那肩不能担担、手不能提篮、弱不禁风的模样，一致推荐给她安排了轻闲的活——喂猪。在学校就有“资产阶级臭小姐”雅号的杜晓慧去喂猪了，投向她的有惊奇、赞许的目光，更有白眼……村头的树荫下，叼着粗粗的纸卷旱烟、跷着二郎腿的女人们评论着：“那闺女去喂猪，那猪也倒了八辈子血霉。”杜晓慧偏不信邪，同另一位社员早起晚睡，扎着布围裙，穿着水靴子，手上拎猪食桶，采野菜，煮猪食，分槽饲养，养得肥猪满圈。——“评论员”们语塞了。当油田招工时，她被第一个推荐穿上了石油工人的“道道服”。

这回，在众多的不信任的氛围中，她“不争（蒸）馒头还要争（蒸）口气”呢！

意大利有句古老的哲言：“知道自己不足的最聪明。”杜晓慧就是这种聪明人。她深知，要给学生一滴水，自己必备一桶水，乃至十桶水。可自己只不过是个六七届的高中生。“工欲善其事，必先利其器。”强烈的责任感和事业心使她终于做了沉重的选择——补上，补上损失！不辜负石油工人的厚望。

补上，谈何容易？有多少人在失去面前那样豁达？“失去的就失去吧！”此时的杜晓慧在家里承担着做母亲、妻子的责任，在学校，担任3个班的教学任务。看来，要真补上，真得“衣带渐宽终不悔”了……

雄鸡刚刚报晓，她已经摊开书本，坐在那张用破台布蒙着的三屉书桌前了；晚上九点多上完了晚自习后，安顿下两个孩子，还要再看上两个钟头儿的书。学呀！她在拼命地学，《心理学》、《教育学》、《哲学》、《政治经济学》、《语言学》、《英语概论》、《大学语文》、《中共党史》、《英语语法》、《英语技能》、《英语听说》……

不能不承认杜晓慧在学习上、工作上都是强者。可作为妻子，她爱人老杨能给她打多少分呢？

为了弥补自学英语口语不熟练的缺点，她自费买了数十盘英语原声带，抽空就听，夜深人静时还对着镜子练发音。练得爱人老杨不能入睡，在床上直折腾。她看书入迷，竟把炉子上坐着的饭锅忘得一干二净。直到烟味呛人，她这个“消防队员”才到炉前，端起一看，烧了个拳头大的窟窿。实打实说，别看他家没有冰箱等时髦的家当，可床下带窟窿的铝锅却有好几个。那次，老杨外出花了二十多元买回了一个大蒸锅，一进门就向她发了警告：“先生，这回再那个了，你可就……”“嘿！别扒门缝看人，把人瞧扁了，事不过三嘛！”可没几天的工夫，新新的铝锅又到床下破锅的行列里排队去了。老杨吃夹生饭、串烟饭是家常便饭。吃饭时两个小家伙吃得满口生“香”，他也就硬着头皮往下咽。日子久了，老杨只好“自己动手，丰衣足食”了。炒菜做饭，缝补洗涮，洒扫屋室，全面操练。看电影、电视也只有爷仨相依为伴。很快，他也不得不加入了“五好”的行列。

1985 年盛夏，风光秀丽的海滨城市大连。美国威斯康星国际教育学院赴中国讲师团英语口语教训班在此举行。杜晓慧放弃了假日，安顿好家务和孩子，前来自费求学。学习刚刚开始，胃病就犯了。尽管每天只进食三四两，她仍坚持听课。这期间，母亲有病住院也催她回去照看。生活和身体上的不适和家中的实际困难使她想到了退缩，并且有台阶可下。可似乎又觉得肩上挑着十万石油职工的重托，此刻，仿佛十万双眼睛在注视着她。她托腮凝思：使乌龙腾飞的老石油，曾经写下过一部辉煌的历史著作——头顶蓝天，脚踏荒原，向地球开战，荣耀地摘下贫油的帽子，甩进了太平洋。然而，现代野蛮也给他们留下过辛酸惨痛的记忆。多少次艰苦卓绝的鏖战，顽皮的地层一遮起昏暗羞涩的面纱，就叫人“不识庐山真面目”了。直到电子计算机加地震地层学的“慧眼”望穿了大地之下的奥秘，牵出了奔腾呼啸的油龙，才成倍地增加了透明度。尤其在一段时间涌现的追求文凭如同红色年代追求红色家庭成分的大潮中，石油世家也苛刻地做着望子成龙的梦……

这时，杜晓慧眼前又浮现出一幅目不忍睹的图景：那是油田勘探开发初期，学校教育基础薄弱，学生进入高中，家长们便不惜重金，送子女到辽宁的盘山、熊岳、北镇等地上学。更有甚者，入关进京，跨黄河，越长江，八仙过海，各显其能……

“我不能偷安，我不能退却。”已经荡起波澜的心底，又平静下来。杜晓慧又抖起了精神，充分利用同外国教师接触的良机，练习口语对话，谦虚地求教。课余时，许多人都去海滨一饱眼福，去浴场洗个痛快，可她却躲在潮乎乎的宿舍里反复模仿老师的音调，纠正自己的发音……

她终于获得了英语口语合格证书，美国老师给她写了如下评语："杜女士有极好的口语表达能力和较高的英语实际水平。"写完，又将自己珍藏的彩色结婚照赠送给了她，以示友好和惜别。

杜晓慧含辛茹苦播下的自学英语的种子，到了收获的季节。她教起英语得心应手，运用自如，学生们的英语成绩不断提高。高一期末全班英语及格率仅达60%，高考前夕达到95%以上。更有甚者，升高中时英语仅7.5分，高一期末在全局统考中得了68分。这消息不胫而走。曾到外地"留学"的同学们闻讯后，便回来见"江东父老"。其中，过去曾是班里学习的尖子，回来后，成绩还不及原来比自己差的同学，后悔莫及："当初真不该转走，自己耽误了时间。"

火，融化着冰块

SHI DAI YUE ZHANG

聪明上进的孩子人人都喜欢，而把爱真正地给予那些调皮捣蛋的学生，才是一种更高尚的美德。杜晓慧具备这一美德的基点，在于她不相信没有教育不好的孩子。她以母亲之心去温暖、融化后进学生心中的"冰块"。

班里有几个很典型的调皮生，学习差，纪律散漫，常和老师对着干。人数虽不多，但能量却很大，给班级带来很坏的影响。杜晓慧经过一段时间的接触和观察，发现这些学生心里很矛盾，一方面他们认为自己不如别人，有自卑感，常常表现为孤僻、不合群；而另一方面，由于他们所受的批评多于其他同学，往往产生一种逆反心理，行为上常常表现为满不在乎，有时甚至是用故意捣乱来掩盖心灵上的空虚，实际上他们心灵深处都潜在一种渴望得到平等和帮助的欲望。她首先是平等看待、尊重、理解并以一颗真诚的心去感化他们。有个学生上课睡觉，不参加集体活动，有时顶撞老师，留着"爆炸头"，穿着喇叭裤，一副玩世不恭的派头。

杜晓慧虽然看到他毛病不少，但发现他身上也有闪光点：如虽然他成绩差，但考试从不作弊，这说明他诚实；他不愿参加集体劳动，但有一次偶然参加了劳动却很卖力气，这说明他踏实。第二天，杜晓慧在班上表扬了他的优点，号召同学们学他的长处，使他几乎泯灭希望的心灵开始复苏。有一次他去找杜老师，眼见她的两个小家伙蜷着身子，在昏暗的楼道旁倚着栏杆，缩成一团，睡着了。冬天的穿堂风从楼道迂回而入，小家伙渐渐地冻醒了，身上直打哆嗦，实在挺不住呜呜地哭了。“精诚所至，金石为开”。这个同学被感动了，他在楼梯旁等了一个多小时，直到老师家访回来，向她倾诉了内心的隐秘。杜晓慧诚恳地分析了他的优缺点，详细地帮他制定了奋起直追的计划，不久他便跨入了“三好学生”、“文明学生”和学习尖子的行列。他在给杜老师的信中写道：“无论我走到天涯海角，都忘不了您，敬爱的老师，忘不了您的教诲，忘不了您的鼓励。因为有了您，我的高中生活才充满阳光，才有了战胜困难的勇气。”看到自己的学生终于成为强者，杜晓慧感到由衷的欣慰。

秘诀的功能

有些学生思想不稳定，常犯错误。教育心理学认为这往往是由于意志性格上的某一缺点所致，比如固执任性、自制力差，等等。而固执任性往往是家长和老师一味批评和不公正责备的结果，自制力差常常和要求不严有关。怎样做到对学生既严格要求，又让他们心悦诚服呢？杜晓慧采取的方法是：抓住学生心理特点，掌握最佳教育时机，采取迂回战术，像细雨润物一样，逐渐渗透，促其转变。有个固执任性的学生，由于对有的老师有偏见，上课常常故意捣乱，有一次甚至造成没法上课的局面。杜晓慧反复分析了这个学生的个性特征，在课堂上，针对那个学生的偏见，向同学们讲述了那个老师怎样带病坚持工作，几次几乎晕倒在课堂；怎样忍受个人的不幸和痛苦，一心扑在教学上，多少个夜晚挑灯备课，多少次给同学们个别辅导……这个学生在座位上听着听着，渐渐羞愧地低下了头。几天后一份工工整整的检讨书放在了她的桌上，其中写道："我错怪了老师，耽误了同学们的宝贵时间，影响了班级的荣誉，我很对不起大家。这样的事我再也不会干了，请您看我的实际行动吧。"后来又要求给他停课检查的处分。逐渐地他努力去掉固执偏见的毛病，并能用自己的教训去说服其他同学，协助老师开展工作。在他的带动下，全班还掀起了尊师活动的高潮。

大凡有经验的老师都有这样的感受：学生的思想转化是个多环节的过程，这个过程并非一条直线。这因为一方面学生头脑中的积极因素和消极因素斗争不可能一次完成；另一方面也是因为青少年感情不稳定、自控能力差。杜晓慧摸索到学生的思想转化，一般要经过醒悟、转变、反复巩固、稳定的过程，一蹴而就是不可能的。有个同学早恋影响了学习，杜晓慧经过耐心的思想工作，帮助她摆脱了感情的纠葛，她的情绪逐渐稳定，学习成绩逐渐上升。半年后，由于外界的干扰，她潜在的感情又萌发，重新陷入了新的困境不能自拔，学习成绩又一次急剧下降。这件事在同学中一传俩，俩传仨，一时成为特号新闻。她曾给杜老师写下这样的条子："老师，我是没有自尊心的人，不可救药了，您不必再管我了。"杜晓慧看着这张条子，好像看到了这个学生的痛苦和矛盾的心理。她诚恳地找她谈心："老师很理解你的处境和心情，青少年感情成熟，这是自然现象，并不可耻，更不能证明你失掉了自尊心，不过自己要摆正学业与感情的位置；人生会有许多机会选择朋友，但在高考面前的选择却不多，机不可失。学会控制自己的感情，牢牢地把握住自己的命运和前途……"这学生受到了深刻的启发，又一次顽强地战胜了自我，成绩逐渐上升，几次考试都名列前茅。

古老的填鸭式的教学方式，造就了不少书橱型人才。而当今世界发达国家注重培养学生的自学能力、适应能力和创造精神，因而点石成金的人才脱颖而出。杜晓慧认为老师所能教给学生的知识毕竟是有限的，而学生在将来的实际工作中遇到的问题将是无限的。只有能进行独立的、创造性的劳动，才能成为对社会有用的人才。

杜晓慧在教学中注重培养班干部的管理和组织能力。英语科代表原来是一个一说话就脸红的腼腆的小姑娘，刚开始她辅导大家学英语时常常因讲不明白而掉眼泪。杜晓慧手把手地教她英语知识、辅导方法、讲课教态、难题处理方法等，使她增强了信心。3 年来，杜晓慧两次外出近一个半月，没有老师代课，她承担起了英语教课任务，按教学进度给同学们上课、辅导、考试，深受同学们的敬佩和欢迎。她还和另一名班委独立主持了一次“创造杯”智力竞赛，邀请各班代表、领导和老师参加。在会上她镇定自若、机敏果断，原来那个爱掉眼泪腼腆的小姑娘的影子，在她身上已经荡然无存了。3 年来，像这样具有独立工作能力的学生在杜晓慧的班级里不断地涌现出来。

在教学中，杜晓慧善于掌握每个学生的情况，注意开发他们的智力。有些学生学风不踏实，时效感差，杜晓慧就提出“向课堂要质量，向自习要效率，向作业要成果”的口号，鼓励学生们做驾驭时间的主人，而不做它的奴隶。并通过“新星”专栏，表扬那些有独到见解和学习方法得当、善于独立思考、成绩提高快的同学。在一次考试中，有的同学独立思考，用严密的论证否定了原试卷规定的标准答案；有的同学独辟蹊径，从另一个角度论证问题，补充了标准答案，经老师验证他们的答案是正确的。在全国数学联赛中，她的班级有 7 名同学在盘锦赛区获奖；在全国中学生小论文竞赛中，一名同学以自己独到的见解对经济体制改革中涌现出的问题大胆地提出看法，获得国家二等奖和省二等奖。

杜晓慧深知祖国的未来不仅需要华罗庚那样的数学家，也需要齐白石那样的艺术家……有的同学擅长绘画，她就注意发挥他的特长，创造机会让他施展才华；有的同学擅长写诗，她就鼓励他多看多写，并向校刊及有关杂志推荐他的作品……几年来班里涌现了一批多才多艺的人才，他们正在赢得祖国的未来。

学校是培育人才的沃土，是繁衍文明的园地。教育的差异是显而易见的，而为缩短这个差异的杜晓慧，正像一支明亮的蜡烛，无私地燃烧着自己，照亮着祖国未来的心灵!

（发表于1988年）

宝贵的基石

张宝基面对那蓝天下一幢幢摩天大厦，一座座雄伟工程，一种沉重感顿涌心头，何以使得“宝基”不负神圣使命？

张宝基这个名字叫得挺有意思，宝基宝基，宝贵基石。“广厦固矣，功于宝基。”千百年来，不知有多少伟人哲人不厌其烦地论说这再简单不过的道理。

简单倒简单，但要为之，也并非易事。

终于有一天，他的使命感得以满足

SHI DAI YUE ZHANG

他，压根儿就啥折扣都没打，满口答应：“行！我能干得蛮好。”这是1985年初的事儿，辽河油田筑路公司后勤的头儿们决定张宝基做浴池管理员的工作。

他，还真算得上个通才，参加工作近20年，种过菜，喂过猪，做过饭，放过牛，烧过锅炉，哪行都干得蛮不错。可眼下这活儿，是侍候人的。打浴池建成以来，服务员少说也换了三四个。不过，了解他的人都晓得，这人眼里没难事儿。那天，他坚定地应承了领导的安排，一口气跑回了家。一进门，便撞见妻子冷冰冰的面孔。妻子不知从哪儿得到消息，见面便没完没了地数叨起来：“宝基呀，我跟你算是倒了霉啦！你看咱村跟你一块儿出来的那几个叔伯兄弟，姐夫妹夫的，谁不比咱露脸？不是商店的、开车的，就是银行的。你瞅你，傻乎乎的，连个正经工种都没有。头几年打更、做饭、种菜园子，这几年放牛、喂猪、淘厕所。这会儿烧上锅炉还算有点儿技术，可又叫转行看澡堂子。我看你是黑大个堵门口——熊到家了。”

张宝基仍是那么不痛不痒地笑笑，一副满不在乎的样子。他是绝不会找领导闹、申请照顾什么的。他觉得既然是组织的安排，总有道理。

一天晚上，刚开池不久，一个淘气的孩子便把灯给关了，明晃晃的浴厅顿时漆黑。洗着澡的职工们莫名其妙，大骂“电老虎”不长眼睛。张宝基看得清楚，他开了灯，找到那捣蛋鬼训斥几句。可孩子的父亲不由分说，上来就打了张宝基两拳。张宝基有口难言。回家也不敢把浴池的种种委屈说给妻子，只能憋在心里，任由它酿成一腔苦涩。他躺在床上辗转反侧，一直到晨曦把窗户照亮，透过窗帘，把窗格子映在疲惫的脸上。

他没就此撂挑子，却决心把工作做得更好。他向领导提出三条建议：男浴池由过去两人管理改为他一人；室内增添更衣柜和痰盂；开池时间由每周三天改为天天开放。领导们欣然同意。在单位职工的心目中，浴池曾是典型的脏乱差。可如今进了浴池，除了赞誉，还有什么可说的呢？一泓池水清澈如许；白瓷砖上人影翩跹；更衣柜和长椅整整齐齐，一尘不染，就连痰盂也一字儿排开。

他每天都是在单位里吃饭，尽量延长开池时间。他还用自己的钱买了剪刀、指甲刀、刮脸刀、木梳、擦手油，义务为职工服务。成年人热气腾腾地从浴池里出来，他总会快步上去，递一杯热茶；小朋友汗淋淋地跑出来，他常要拦在前面，把一碗凉开水送到嘴边。有人不小心把东西落下，他都负责保管好，想办法送还。他年年都要将上百件的衣物交还失主。

一段时间，张宝基发现一些常来洗澡的老同志好久没来，于是他就挨门逐户地，先后到二十多名老人和病号家走访。他发现这些人不是不想来浴池，而是怕人多拥挤不愿来，怕路上摔跤不敢来。张宝基向领导反映了情况，并申请每周指定时间专为他们开池。退居二线的老干部赵国章、段清墨等患脑血栓病，行走困难，他便到家里把他们扶来，帮他们脱衣服、搓操、剪指甲、刮胡子，再送他们回去。老人徐敬忠拽着他的手，颤颤地说："这种事儿，就是我亲儿子也做不到。宝基呀！你太积德了。"

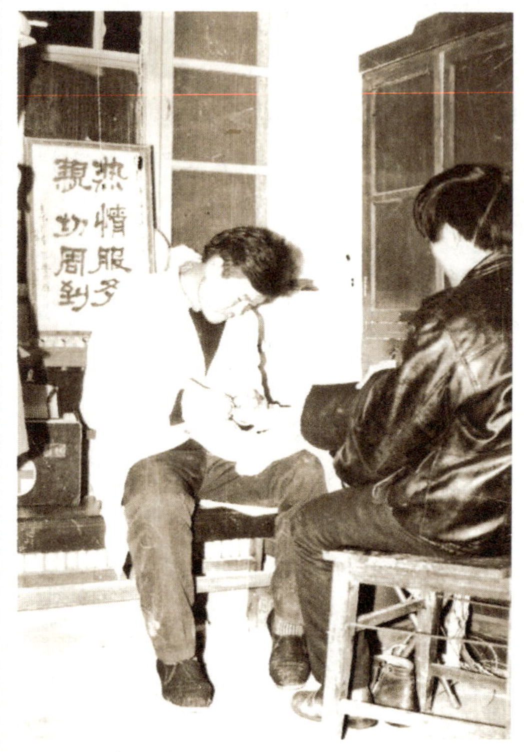

▶ 张宝基工作照。

1986 年 5 月 18 日，在首都天安门毛泽东巨幅画像前。这天，他简直有些神经质："毛主席呀毛主席，俺办点事儿咋这么难哪？"站在围观人群中含泪喃喃自语的中年人就是张宝基。

他是在锅炉维修期间专程来北京采购修脚工具的。为了把浴池的工作做得锦上添花，张宝基自己提出学习修脚技术。可工具在哪里呢？他在大北京繁华的街道上转得直懵，到处打听卖修脚工具的商店，被问的人同他一样发懵。有人告诉他王府井有，他转了两天也没有转出结果。后来听说郊区有个王麻子剪刀店，或许有货，他便决定去一趟。路不熟，怕坐车坐过站，他步行去。大半天，总算打听到地方。进了店门，看见银光闪闪的剪刀柜台，张宝基乐得几乎叫起来，几天的疲倦一扫而光。可上前一问，售货员说修脚工具一年前就已卖完，要买得到厂家去。发了狠的张宝基说："厂家就厂家，就是天涯海角也去！"费尽周折，到了厂家，一问才知道是星期天。第二天再来，得到的答复是："修脚工具有，不过得等两年。""为啥？""修脚工具每年计划 100 套，你两年也不一定排上号。"张宝基真想趴在地上大哭一场。1986 年 9 月，组织上安排张宝基去沈阳市中街会兰亭高级浴池学习修脚技术，他知道了信儿，高兴得像个孩子。

事实上，事情并不像想象的那样简单，会兰亭搞了承包，修脚，搓澡按 40% 提成，师傅们都忙着挣钱，谁会理他呢？张宝基可不想白来。他知道人可以感化。只要功夫到，星星都会哭泣，顽石也能点头。端茶、倒水、扫地、热饭盒，他样样抢着做；修脚、搓澡也帮着拉主顾。他看到搓澡师傅眼睛都盯着瘦子——瘦子好搓，三个瘦子抵不上一个胖子，他就捡胖的搓，收入全归师傅们。一个星期后，张宝基终于拜定一位叫李国文的师傅。俗话说："师傅领进门，修行在个人。"为了尽快把技术学到手，张宝基开始了近乎疯狂的苦练，然后在自己和师傅的手脚上练。夜深人静，在浴池昏黄的灯光下，他趴在白天人来人往的硬板床上，艰难地抄下了两万多字的笔记。出徒临走那天，师傅把自己保存多年的一套修脚工具赠给他。张宝基激动得说不出话来。

单位浴池开设了修脚这一服务项目，果然门庭若市。张宝基每天至少要接待四五名患者，有时甚至多达二十几人，他一概分文不取。他逐渐学会了诊治脚垫子、肉包脚盖、猴头指甲、灰指甲、脚鸡眼等多种脚病。他还利用串休和节假日，骑自行车、乘交通车，到各单位义务巡回献技。

"傻帽儿"——被拓深的内涵

在辽河油田筑路公司，不知有多少人亲昵地称他为"傻帽儿"。其实，这毫无贬他之意。因为他令人信服崇敬的光彩，证实了"傻冒儿”存在的深深涵义。

你听妻子常劝他："孩子他爹，就别干这行了。你不体谅我，也该为孩子想想。咱那小子跟旁的孩子打架，你知道，人家说啥：'你爸爸不就是个摆弄臭脚丫子的么，有什么神气的？这样下去，孩子大了不埋怨你吗？"张宝基也常常觉得愧疚，觉得对不住妻儿，没给他们带来体面与舒适。他绝不是可以轻易动摇的人，就像党和人民的地位，在他心中不可动摇一样。

退休工人韩国义，两脚脚垫超厚，脚指甲畸形，而且流脓，常到张宝基那儿修脚。两个月没有来，张宝基怕他病重得不能走动，便自己背着工具找到他的住处。一打听，才知道他已搬到兴隆台区。兴隆台也是张宝基常去修脚的地方，离家很远，坐公共汽车也得个把小时。张宝基一直惦记着韩师傅的病，每次去兴隆台总部就四下打听，只是没人知道。有人告诉他，韩国义可能住在某住宅小区，他就来到小区挨家挨户地敲，开了门便问人家修不修脚，然后再问认不认识韩国义。回答几乎千篇一律："不！""不认识。"他只好再去敲下一家。有时嘴还没张，人家冷冰冰一句："没有！"然后"咣"地把门关死。张宝基抱着修脚的木匣子，待在那里，半晌没能挪开一步。他真想再一次敲开门，真真切切地告诉他："我不是乞丐！"

"我来义务修脚。"一次他来到某单位浴池，对洗澡的人们说。在乳白色蒸汽里来往穿梭的人们，不但没应声的，连抬头瞅一眼的也没几个。他只好自己出去，找来两块砖头用浴巾一包，看见一位有脚病的老人，拽过来就修。几个小青年从他身旁经过，嘀嘀咕咕："这人什么毛病，是不是大脑穿刺？"可脚修好了，也确实分文未收，人们便不得不刮目相看。"现在这样的人太少了，就连城里修脚，还要按脚指头算钱呢！修一回少说也得个两三元吧。"一个小学生走过来，非要他在自己的小凳上坐下，孩子天真地问："叔叔，你和雷锋一样吧？"他抬起头，认真地说："不，叔叔比雷锋差远了。”周围的人被感动了……

其实，我们的宝基这时早已患有严重的腰椎骨质增生，疼得厉害时，只好打封闭针止痛。1988 年 7 月他被惊马撞了一下，痛得直不起腰来。10 月他在浴池修阀门，从梯子上摔下来，病情更加严重。单位给他疗养的机会，叫他去兴城、桂林、深圳等地疗养，每次又都被他回绝，因为他对他的病人放心不下。

五六年光景儿，张宝基坚持为一线工人服务。每逢油田搞“会战”、“决战”，他都要搭车跑上几十里甚至上百里的路；大年初一、初二，他也要骑着自行车转上十几个钻井队、采油队。

从 1986 年至今 5 年多的时间里，张宝基义务为职工修脚一万多人次，累计献工六万四千多个工时。如果每次按 2 元收费计算，张宝基早已是个响当当的万元户了。1989 年，他被评为全国劳动模范时激动地说：“党组织理解我，同志们理解我，所以，再苦再累受再大的委屈我都能承受，这辈子就甘当‘傻帽儿’，我认定了！”

他走在路上，仿佛一滴水融在汩汩流动的大河中。生命的河流又何尝不是如此地“不舍昼夜”。问题是我们该给我们曾经活过的这个世界留下怎样的印记——总该有些什么是永恒的吧！

他轻轻地推开了门，见妻子正在灯下盯着孩子做作业。妻子听到他回来，没抬头。“今天星期五，王金宝那儿去过了吗？”“去过了。”王师傅十趾畸形像猴头，每次修脚要花上三个多小时才能完成，所以每到周五，张宝基总回来很晚。他进了厨房，掀起锅盖，热腾腾的饭香扑鼻而来。他笑了，笑得极甜。

（发表于1991年）

第三乐章

生活的柔板

五色土，七色阳光。斑斓的生活，多彩的人生。他们深沉地热爱着流淌着“黑色黄金”的热土，他们虔诚地钟爱着采油树、钻塔、道道服，以及手中的画笔、为人解除痛苦的刀具……他们的性格是创造，他们的品行是付出。

渤海湾上的明珠

又一颗璀璨夺目的明珠，串在渤海湾的金项链上——辽河油田风风火火地闯入了共和国的版图。

辽河油田因与古老的辽河毗邻而得名。在地方史志的万卷著作中，这儿曾是一片无人问津的荒原海滩，浑浑噩噩地沉睡了亿万个年代。这虽曾是一块未开垦的处女地,但绝无“少女”的韵味。碱地上一簇簇黄碱菜和一片片枯瘦的芦苇，没有歌声，没有温暖，没有希冀。尽管有许多诗一般的地名，然而都是虚幻的梦——“兴隆台”寂寞，“曙光”暗淡，“欢喜岭”萧条，“黄金带”有名无实，“高升”也少有机遇。

时代的荒蛮，曾将一部诱人的罗曼史无情地淹没。约距今一亿五千万年前，太平洋板块向亚洲板块的俯冲，使地壳上拱，造就了北东向为主的断裂深陷，开始形成裂谷，为新生代油气生成、运移、聚集创造了良好的地质条件。距今四千万年至二千五百万年时，辽河裂谷进入了青春发育期，并进而形成了西部、东部和大民屯凹陷。这三位年轻的“女郎”竞相媲美，各居一方，追逐成长。西部凹陷向东侵移，东部凹陷向西撬行，厚度达五千至七千米富含有机质的陆相碎屑沉积并伴多期火山喷发，为其占有，形成三足鼎立、油气富集的温床，掩埋起幽秘的“桂林山水”，卧藏着挺秀的“泰山群峰”，千姿百态的溶洞储集着黑色的乳汁……可惜“有眼不识金镶玉，无缘对面不相逢”。

而从 1967 年开始，时光老人不由得在这里悄然驻足。一队队热血男儿陆续迈着坚实的脚步，从松嫩平原、从海河岸边、从中国的西北角踏入了这千古荒原，用力与美的奇妙构想、汗与血铸就的画笔，描绘出雄浑、奔放的景色，用时代的刻刀雕塑出森林般的钢铁山冈。不仅繁衍起亚洲最大的苇田，盛产着闻名中外的盘锦大米和国宴上的对虾，而且种植出星罗棋布当今世界上最珍奇的树——采油树。

现代工业的靓丽在南大荒的坐标系上闪着光泽。君不见，一座座钻塔直刺蓝天，钻机高奏着时代的乐章；一道道管线纵横交错似蜘蛛的网状；一座座乳白色的油井房似碧海中列队远航的点点白帆；霓虹闪烁、成龙配套的生活区透视着现代思维的容颜；职工乐园的喧笑、托儿所里的嬉戏、校园里的琅琅读书声、彩色荧屏前的遐想、电冰箱前的惬意，汇奏出新兴石油化工城市愉悦、欢快、令人荡气回肠的旋律。“兴隆台”已成为辽河油田、盘锦市的心脏，人声鼎沸、兴隆非凡；“欢喜岭”上欢欢喜喜，每天喷吞万吨琼浆，成为辽河油田的第一号种子；“曙光”驱走了黑夜，古潜山放出道道霞光；“高升”岁岁升迁，成为举世瞩目的稠油开采基地；“黄金带”也终于淌金流银……后来居上的“茨榆坨”、“大民屯”异军突起，也成为辽中大地上的新星、明珠。

啊！辽河油田，共和国的骄子，你每年无私奉献出千万吨高浓度的中国名牌“美酒”，壮了神州、醉了寰宇……

昔日的南大荒，你的一切都是新的了，新得像刚入洞房的新郎新娘，新的容颜、新的色彩、新的风韵、新的时装，焕发着独具光彩的魅力……

（发表于1984年）

油花赋

辽河三角洲，本是芦花的世界。自从20年前石油工人来到这里，乌黑的油花又开遍了这片多情的热土。

油花，只有我们找油的人，才品味得出它独特的芬芳和魅力。

一顶帐篷，一口锅，一群荒原上的“流浪者”。这奇特的吉卜赛部落，便是采撷油花的创业者。

啊，20年！苦，说不完——夏夜，轰炸机般的大蚊子；冬天，猛虎咆哮一样的大烟雪；洪水的波涛，井喷的烈火……

哦，20年！喜，也道不尽——发现新区的喜悦，探井喷油时的欢欣，庆功宴上杯对杯地痛饮豪歌……

20年，辽河的找油人终于从古老的地下迷宫中，为祖国牵引出了黑色的太阳河。

还是抖开记忆的长线吧！

那是我刚到油田时，领导派我到地震队“蹲点”。正值隆冬，大雪给辽南的荒野盖上冰甲。年轻的地震队员们扛着线拐在白皑皑的雪地上跋涉。一丝丝寒意从“大头靴”厚厚的胶皮底下透过，针扎似地刺着脚掌。汗水从他们头上狗皮帽子里蒸发出热气，远看上去像燃烧着一团火。他们没有怨言，毫不懊悔，似乎全身都流淌着一股不可抑制的激情。送午饭的车因中途熄火，下午三点多了，才跌跌撞撞地赶到。送的是馒头、咸菜、菠菜汤，汤里结满了冰碴。他们每人取过自己的一份馒头和咸菜，用手焐焐，便啃起来。让我感动的是，他们每人还舀一碗汤，放在面前。我说：

"已经不能喝了，还盛它干什么？"他们相视而笑："望梅止渴呀！"

曾记得，在那苇海深处的抽油机旁，一位刚刚过了17岁生日的采油姑娘，因意外事故躺在了她眷恋的工作岗位上。鲜血，染红了纤细的芦苇，染红了白花花的碱土地。

在一个只有海鸥歇翅梳羽的偏僻单井小站，我采访过一个年轻的小伙子。他虽年仅21岁，但已在这里工作了3年。陪伴他的只有一条小狗、两个高架油罐和一台抽油机。他说他最大的苦恼是寂寞，最盼的是有人来……望着远去的拉油车，他竟吟出两句诗：抽出来的是汗水，拉出去的是期望。他说他从这里领略了人生丰富的内涵和真价。

啊！油花，你绽开在井队老队长残缺的断掌上，绽开在科研人员早生的白发间，绽开在修井队小伙失恋的苦涩里，绽开在采油姑娘妙龄的生命中……

啊！油花，谁说你只黑不美？你分明是北疆大地上的英雄花，比起南国殷红的木棉花，也毫不逊色！谁说你没有生命，你的生命是永恒！

燃烧的永远是热血，不变的依然是奉献。油花，你是石油儿女献给祖国母亲的生命之花，开在了神州报春的枝头，开在了亿万人民的心中！

难怪，你那么美！

（发表于1985年）

樹中之王

孩提时，我喜爱过茅公赞颂的白杨、陶铸笔下的青松……大凡自然之树都使我动情，无时无刻不在拨动我爱的琴弦，从我的笔下牵出诗的情愫。

可自从我踏上辽南的百里油田，成为英雄的石油工人中的一员，爱的轴心偏移了，渐渐地爱上了一种新的树——油田上的采油树。

没有绿荫繁茂的枝叶，也没有艳丽盛开的花朵，更没有亭亭玉立的身姿，称它为树，只不过是拔地而起的一根钢管，上面带着几个阀门。乍一看，倒像是哪个博物馆里收藏的现代派雕塑。

尽管它全无树的婆娑、树的芳容，但它却吸引了无数石油儿女在它的身旁定情。只因为它是油田的象征，石油工人的化身。

不是吗？

雪压彤云，寒风如刀，松柏也为之战栗。而它，纹丝不动，依然挺拔。

暴雨滂沱，杨柳东摇西摆，惶然待毙。而它，沉着如初，坚固不移。

待到秋风扼杀了每一片绿叶的生命，万木凋零之时，它却依然英姿勃发，昂首迎接着严冬的洗礼。

无论大自然给它施加何种压力，它那金口中始终咆哮着乌龙，于是乎——银燕搏击风雨，战舰劈波斩浪，列车风驰电掣……古老的东方升起金色的希冀。

啊！采油树，英雄之树，长青之树！

啊！采油树，树中之王！

（发表于1986年）

荒原丰碑

似乎是“情人眼里出西施”的缘故，在我们油田，我总以为那一身钢筋铁骨的钻塔是最美的了。

尽管都市里的人们会说，那不就是耸立在荒原上黑不溜秋的傻大个吗？有啥可俏的呢？可我说，钻塔，还真是个美男子呢！

君不见，寸草不生的戈壁滩上，波涛汹涌的嘉陵江边，白雪皑皑的昆仑山下，坦荡如砥的松辽平原，无不刻下它那坚实的脚印。每搬到一地，它就急匆匆地负载着钻机，向沉睡万年的大地掘进，穿透古老的岩层，驱走蛮荒的沉默，引出乌金色的石油。

在北国千里冰封的隆冬，它身披银装，似巍巍雪山，昂然屹立；在江南“烈日炎炎似火烧”的盛夏，它头顶骄阳，挥汗如雨。顷刻间，乌云密布，电闪雷鸣，它稳如泰山，毫不恐惧。经过风雨的“恩典”，它身着铁青色大氅，愈显得英姿勃发，气贯长虹，发出更富有节奏的歌唱。那声音，似传讯的春雷，在沼泽、在沙漠、在芦荡、在碱滩、在山岳、在辽阔的平原、在波涛汹涌的海面，荡起了滚滚的春潮。

它不管被搬到哪里，冲杀的目标，一直是那古老的地下。尽管它上食埃土，下饮黄泉，钻劲甚焉，但它并不觉得生活的艰辛。在塞外打钻，它顾不上陶醉那“大漠孤烟直，长河落日圆”的塞上风光；转战山中，也无暇观赏那“明月松间照，清泉石上流”的宜人景色。

它永远面对荒原，一旦楼群崛起，风景如画，它又将拔足远征，

开向新的疆场。

每当夜幕低垂，远眺钻塔闪烁的灯火，像一束黄色的光带；喧闹的井场，飞光流彩，恰似一幅嵌满珠玉的五色织锦，令人遐思神飞……

这是一座现代石油城最初的轮廓。

钻塔，以它钢铁般的身躯、钢铁一样的灵魂，在神州大地之上、在蓝天白云之间，矗立起一座座顶天立地的丰碑。

这是石油工人的雕像，它凝聚了历史的巨变，也展示出未来的生机。

（发表于1987年）

美哉！道道服

俺们石油工人穿的棉工作服，每五公分间分布着一条竖道道。因此，从我们的先辈——玉门的老石油开始，就习惯地称它为“道道服”。论其罩面的质料，既非涤卡，也不是毛料，而是那极普通的黑色、蓝色的劳动布，做工更算不上精细。恐怕在所有产业大军的棉工服中是最不起眼儿的了。

我曾穿它去过那远离油田的繁华都市，那儿的人感到既惊奇又陌生。对面走来，只是用余光扫视一下，便绕弯子躲开了。在百货商店的售货柜台前，有时尽管我扯嗓子喊售货员过来拿货，人家就像压根儿没听着似的，不予理睬。

我也曾穿着它乘车远行。当我披着它在车上的过道处走动时，两只斜下垂的不知趣的衣袖，无缘无故地向座位上的乘客挑衅，不是碰人家胳膊一下，就是搔人家脸一下，它惹了祸，我还得向人家赔个不是，说声“对不起！”替它承担责任。

我还曾穿它逛过城里的公园，在树荫下的石凳旁吓跑过热恋中的情侣。他们边跑边嘟哝：“真讨厌，二劳改！”

尽管这“道道服”在一些

人的眼里是那样可憎，不讨人喜欢，可我却从来没有嫌弃它。身为一名浪迹天涯的石油工人，它不仅是我唯一的财富，而且还是我忠实亲密的伙伴儿。

它给我们遮风挡雪，换来了无尽的温暖。它常常身兼数职，穿在身上是棉衣，铺在床上是褥子。它有着蜡烛的品行，松树的风格。它不怕“玷污”，越磨越亮，恰似一副闪光的铠甲。穿上它，再爬上那高高的钻塔，一种行业的自豪感在心中油然升起……

它甚至还窥探过我们心底里的秘密。找油人的爱情是离别的苦涩伴着相知的甜蜜，而我们写给远方恋人的封封情书，每每就是在用它卷起的“书桌”上草成。

当我披着它，伴着隆隆的钻机声开始向文学的海洋探宝，扶着作家的摇篮蹒跚学步时，它居然还点燃了我创作的灵感火花。

你看，把它铺展开来，它身上的“垄沟”、“垄台”，那黑油油的颜色……不正像一片希望的田野吗?

当乌黑的原油为祖国的经济建设雪中送炭的时候，我更觉得“道道服”象征了一种坚强的意志，象征了石油工人无私奉献的质朴无华。

美哉！道道服。

（发表于1988年）

寄自油田的书简

住在城里的伯父三番五次来信劝我找个理由调回城里安家。我回信问其缘故，他回信说："你们油田上的人，只要哪儿发现了大油田，就像守卫祖国的战士一样，一声令下，就得南征北战。日子久了，不觉得苦吗？"

我曾复信伯父，冒昧地说他的关心有点不佳。伯父回信的词语更严厉了："小子，不听老人言，吃亏在眼前。瞧你那城不城、乡不乡的鬼地方吧！还图个啥？"

手捧信件，我陷入了沉思。这虽是伯父的字迹，但似乎道出了那些穿着连衣裙，推着小孩车，漫步江边，缠绵月下的城里人，对俺这穿道道服、蚰鱼头工鞋的油大哥们的偏见。出于激动之情，灯光下，我摊开稿纸，一口气给伯父写了一封长信，帮他解开我的心中之谜。

信的开头，也照例寒暄了几句，便申明我恋这油田到底图个啥：

这儿有耸入云端的钻塔。哪怕烈日奇寒，风霜雨雪，它总是挺着钢铁臂膀，支撑着钻机，穿凿古老地层千米之下，唤醒了沉睡亿万年的“金娃”。

这儿有终年蛰伏地下的油龙。是它，一声不吭，从不显露峥嵘和光华；它的本事大得很，能把时代的热流汇入一条永恒的河，流淌在共和国的脉管，注入神州羸弱的身躯；它，驱动着时代的巨轮，扬起理想的风帆；它，催动着银鹰，骄傲地飞翔在祖国的海角天涯。

这儿还有那一座座乳白色的油井小房，恰似绽放的朵朵白玫瑰花。风吹草低，天然绘成北国的风光画；它像守边的哨兵，眼睛时刻睁得很大，监护着油井，恐怕它偷懒耍滑。尽管如此辛苦，从不向主人讨价。

虽说小轿车、林荫道、摩天楼充满了今天的豪华，可在我的眼里，这油田要比城里强百八。八抬大轿抬不走我，儿孙后代还要把根扎。

信寄出两个星期后，伯父回信了，开始就检讨：“我呀！错怪了你这石油娃……”

看过信后，我满心欢喜。看来，我同伯父之间也没有一条不可逾越的鸿沟，只是隔行如隔山啊……

（发表于1990年）

浮光掠影话深圳

向往未知的、充满神秘色彩的世界，这大概是人类一种天生的秉性。

深圳——10年前还是个万余人的小镇，自从中央给了一个“特”字号政策以后，越来越变得那么神秘、那么诱人。带着北国的寒气，我踏上了这块南国的土地。

这儿是绿的世界、花的海洋，同银装素裹的北方形成了鲜明的对比。淅淅沥沥的小雨，把这座年轻的城市洗涤得如同出浴的贵妃，“梨花一枝春带雨”。红的如朝霞，绿的像春水，白的似美玉。椰风蕉雨，吹来醉人的南国气息。

在下榻的宾馆里，我们打开深圳市区图，找到了它的精确地理位置——广东省东南部，东临大亚湾，西对珠江口，南与香港新界毗邻，所辖宝安县和深圳经济特区。全市总面积2020平方公里。

据深圳市政府发言人介绍，深圳是我国对外开放较早的地区，自开放以来现已同27个国家签订了5517个协议项目，协议投资46.2亿元。电子工业的迅速崛起，使其在广东独占鳌头。商业贸易也十分活跃，有“国内外名牌产品集散地”和“国内出口商品展销橱窗”的美誉。

话说深圳，不能不谈到蛇口。蛇口是深圳市重要客货港口，是深圳市工业区之一。近年来，为适应南海石油开发需要，新建了赤湾深水码头。瞬间几载，一个多功能的现代化港口卫星城正在深圳西翼奇迹般地矗立起来。

沙头角，这是特区里的特区，仅距深圳市 17 公里。这儿有一条长不足一里、宽不过丈余的中英街。以街心为界，东面归我方管辖，西面由港英当局所属。两边的人们友好往来，自由贸易，竞争激烈。这里，商贾云集，中外商品琳琅满目，素有“购物天堂”之称。凡到深圳的人，不到沙头角观光购物，实为终生一大遗憾。

乘车穿行在深圳街头，眼前不停地掠过一幅幅美丽动人的图画。那火红的木棉、伟岸的椰林、葱郁的荔枝园；那林立的高楼、细沙松软的海滨、幽雅恬静的度假村、惊险无比的摩天轮……无不使人陶醉其中，流连忘返。

最为奇妙的是，在这座年轻的城市中，还点缀着许多历史遗迹，如宋少宗陵、信国公（文天祥）文氏祠和清代的南头城、大鹏城、赤湾左炮台等。

浏览着深圳市容，如同在欣赏一帧祖孙两代人的合影。老的，松龄鹤寿，须眉雪白；小的，如东升的红日，显示出勃勃生机。

这简直就是变革华夏民族的缩影。它以自己鲜明的色彩、清晰的图像和独特的魅力向世界昭示——炎黄子孙不仅能创造光辉灿烂的历史，也同样能够创造出更加辉煌的未来。

（发表于1985年）

铸造企业之魂

全心全意依靠工人阶级办好社会主义企业，其伟力在于唤起职工的神圣信念：“我是企业的主人！”

——题记

“主人”，按《辞海》解释，是客人、仆人的对称。这，无疑是笼统的。

20 世纪 90 年代第一春，在辽河千里油田悄然兴起的“做主人，献计策，挖潜力，增效益”活动，不仅塑造了 10 万石油职工实在具体的主人形象，而且也为“主人”二字做了鲜活生动的注脚。广大职工以极大的社会主义劳动热情，用自己的智慧和汗水，展示着社会主义企业主人的万般风采，向共和国奉献了沉甸甸的厚礼；1990 年在政策性亏损严重，资金、资源紧张的困境面前，生产原油 1360 万吨、天然气 17.2 亿立方米，分别比上一年增长了 25 万吨和 0.2 亿立方米，全年完成钻井进尺 156 万米，新建产能 200 万吨，探明和控制的石油地质储量也完成了国家计划。

辽河油田开展的“做主人”活动，以及由此产生的伟力，在全国石油战线、在我国重工业基地辽宁省产生了轰动效应。中国石油天然气总公司和中共辽宁省委给予了充分肯定和高度赞扬，评价这一活动是“党中央关于全心全意依靠工人阶级办好社会主义企业的方针在油田的生动实践”。

《人民日报》、中央人民广播电台、《中国石油报》、《辽宁日报》等诸多的新闻单位均以重要的版面或黄金节目时间将这一活动的经验迅速向全国推而广之……

经验之一：真正让职工在“主角”的位子上，品味到主人的光荣感和自豪感。“把职工当工具使，就是用钱买也买不来他们的智慧和劳动热情。”这是辽河油田的决策者们对全心全意依靠工人阶级办好社会主义企业方针的深刻理解，也是对单靠“精英”、“能人”治厂那种理念的实践思考。

曾几何时，“你定我办，你说我干”，“干部用钱管，工人为钱干”……曾使我们的干群关系、企业和工人的关系严重错位，即干群关系＝主仆关系；企业和工人的关系＝雇佣关系。在贯彻党的十三届六中全会精神的过程中，辽河油田党委深感必须把这个问题提到企业社会主义方向的高度来解决，否则依靠工人阶级就是一句空话。1989年底召开的辽河油田党委二届六次全会上，党委书记刘安代表党委郑重地提出“开展群众性‘做主人’活动，实现辽河油田长期稳定发展”的建议，得到了与会者的一致赞同。这一活动的宗旨就是要远远超出“让工人多干活，企业多增益”的一般意义而进入更高的层次。现代成功企业的管理经验，也几乎殊途同归地说明这个再简单不过的问题，必须满足职工的民主意识和参与意识。

曾经红极一时的“工人参加管理，干部参加劳动，工人参加技术改造，工人、干部、知识分子相结合”，在这辽阔的油田上又显示了它的盎然生机：

局厂两级管理委员会都有工人参加。全油田上下开展的技术攻关活动都有工人、干部和技术人员“三结合”。仅前11个月，全油田共完成群众性技术革新成果933项，创经济效益2729.06万元。

真正让广大职工行使民主管理和参政议政权力。他们组成了45名职工代表参加的热点问题视察团，兵分4路，分别对职工普遍关心的饮用水质、福利奖励基金使用、待业子女安置及职工生活福利设施等热点问题进行了为期 15 天的视察。胸前戴着视察证的职工代表们第一次庄重地走进了领导机关的办公室，听取工作报告，查阅账目、资料；深入到 27 个二级单位，钻板房，进井站，访住户，面对面地听工人“放炮”。

这仅仅是辽河人导演的企业民主管理、职工代表参政议政、行使监督权力系列组剧中的一幕。辽河油田党委十分清楚，职工主人意识的确立，仅靠苦口婆心，绝不会收到醍醐灌顶的功效，反而往往适得其反。没有实践的培养和政策的保障，所有的教育和灌输都将失去意义。为了加强政策保障，他们进一步完善了企业的各项民主管理制度，请基层检察机关，让工人讲评干部，群众评议党员，公开办事制度，等等。局厂两级职代会对群众反映比较大、呼声比较高的问题，也力争做到件件有着落、事事有回音。为了保障工人群众的政治地位，他们在干部配备上，既注意从优秀知识分子中选拔，也注意从优秀工人中选择；在职称评聘方面，既评聘专业技术人员，也把有实践经验、有突出贡献的工人根据需要评聘为工人技师；在发展党员方面，既注意吸收优秀知识分子入党，也始终把党的大门向优秀工人敞开；在实行经济承包责任制中，注意政策向一线、向艰苦岗位倾斜；在评选先进方面，坚持多从一线、从艰苦岗位优秀工人中评选。

是继承？是改良？还是一种全新的观念？其实，它与我们共产党人所信奉的唯物辩证法没有异同。一分为二、普遍联系、主要次要……诸多的原理、规律、观点，尽管我们曾多次地默默诵读，但也未能逃脱历史和实践的无情惩罚；“大锅饭”、“一刀切”、“刮风”，强调重视一方面，否定忽视另一方面，以至草木皆兵，以偏概全……辽河油田的决策者们的聪明之举，就在于在社会主义企业面临着谁是主人、路在何方的反思中，把自己真正理解了的马克思主义唯物辩证法和“油田特色”写进了自己的发展史中。

经验之二：让职工做自觉的主人、合格的主人——贵在坚持以思想教育为本，启发职工的主人翁觉悟。

“工人阶级要从自发的阶级转到自觉的阶级必须经过共产党的领导，必须要进行共产主义理论的灌输。”

这是伟人的教诲，这是中国共产党对半个多世纪以来革命和斗争、建设经验的总结。

如果说，辽河油田的“做主人”活动有它不可回避的功利性，那就是要培养广大职工的主人翁意识，培养一代有理想、有道德、有文化、有纪律的共产主义“四有”新人，使职工在对共同目标的追求中，形成统一的价值观，最终形成一个充满凝聚力的群体——一个靠觉悟、靠感性、靠理性的呼唤自觉形成的使企业充满生机和活力的群体。

这，绝非权宜之计。它向人们昭示：依靠工人阶级办企业，并不是说放弃党的领导，并不是淡化和削弱思想政治工作。真正的合格的主人，离不开马列主义、毛泽东思想的武装。否则，那是盲人瞎马、不自觉的“主人”。这种主人释放的仅仅是愚昧。

“做主人”活动刚开始，在部分干部中一度存在模糊认识。有的干部认为这项活动的主要对象是工人，把那些不够主人身份的工人好好教育教育，让他们开足马力，多干活，干部少费力。

理性，是对非理性的背叛。

在党校、业余党校和干部学习日、党团组织活动时间，对各级干部进行以唯物史观和群众路线为主要内容的教育，党的基本路线、基本知识的教育，工人阶级历史地位光荣传统、神圣使命和必须全心全意依靠工人阶级方针的教育，使各级干部们不断地从理论和实践的结合上摆正了干部与工人的关系，弄清了尊重工人主人翁地位和严加管理、严格要求的一致性。原有一位大队长，花钱买了副高倍望远镜，经常从远处察看工人的劳动纪律，凡违章作业都一律罚款50元，结果这一年的4至7月，就倒了6部井架。“做主人”活动，使这位大队长开始醒悟，转变了观念，改进了工作方法。他深有感触地说：“过去我用望远镜监视工人，实际上把我们之间看成了金钱雇佣关系，难怪工人不服气。”从此，他时时处处尊重工人，与其打成一片，注意做思想工作，在当年的生产中没有发生一次质量事故。

“油田一遇到困难就想起了我们工人，什么主人不主人的，弄这景儿无非是让俺多干活儿！”

这是随着“做主人”活动的不断深入而逐渐暴露出来的一部分工人中的模糊认识。油田党委因势利导，启发广大工人的思想政治觉悟。

——运用榜样的力量，进行主人翁形象教育。油田党委适时做出了向本油田的全国模范谭远红、全国能源战线特等劳动模范张春华学习的决定，层层选树，涌现出一批“优秀主人”的样板。

——开展群众性自我教育。通过开展“为什么做主人，做什么样的主人，怎样做主人”的大讨论以及针对“做主人”活动的各种认识举办论辩会、演讲会、知识竞赛和以“身边人、眼前事、闪光点”为内容的群众性的自我教育，职工们认识到：我们工人阶级的主人翁地位是社会主义生产关系所决定的，是社会主义制度优越性的体现。主人翁地位与责任、权利与义务是相辅相成的，既要十分珍惜主人地位、行使主人权利，也要掌握主人本领、奉献主人力量。工人阶级是国家的领导阶级，我们工人是国家的主人，国家的主人不爱国怎能称得上主人？既然爱国，那就要为国分忧，为企业奉献，想主人事，说主人话，干主人活，尽主人责，创主人业绩。油建二公司铆焊车间主任介绍说，过去我们干部上班数人头，中间查人头，下班清点人头。现在通过教育，人人关心企业管理，个个以厂为家，主动想车间的事，57名工人变得像57名“车间副主任”。

经验之三：能量，在岗位上释放。

毋庸置疑，东方式的企业管理，务必把人放在首位。辽河油田党政领导们清醒地认识到，“做主人”活动就是要通过人的具体行为来展开。只有充分调动每个人的主观能动性，做好一人一岗的工作，职工们才有用武之地，潜在的智慧和热情的能量才能像岩浆喷涌一样释放而出。

辽河油田的“做主人”活动定格在一个基本方位——立足岗位做主人。

——职工们认真做好本职工作，按时保质保量完成任务。

——职工们充分运用自己的实践经验，分析本岗位和本职工作中不够合理、不够完善的问题和弊端，改进工作，提高工效。

——职工们刻苦钻研科学文化知识，提高技术素质，有计划、有目标地攻克阻碍生产力发展和管理水平提高的难题，向科技和管理要效益。

这是辽河人自己命题的立足岗位做主人的“三级标准”。它将广泛性和先进性有机结合起来，既有认真负责就能达到的基本标准，又有经过努力攻关才能达到的较高目标。

人人相接，岗岗相连，级级登攀。众人拾柴，百川归海。一张张合理化建议表，从钻台、井站、机关和科研中心飞向各级工会。决策者们从谏如流，各单位相继建立了合理化建议评审、奖励制度，有效地发掘了岗位工人的智慧潜能。仅上半年，全油田职工岗位挖潜增产原油 10.6 万吨。全年提合理化建议 9 万多条，实施后实现经济效益 8000 多万元。广大职工勒紧裤带过紧日子，双增双节超过 1.5 亿元。曾荣获国家建筑业最高荣誉——“鲁班奖”的油建一公司组织岗位工人开展了“千人百组献计攻关赛”活动，有 1600 多人参加，完成攻关项目 200 来个，创经济效益 187.3 万元。

尊重、理解和信任，驱动着辽河油田的主人们在本职的岗位上释放着巨大的能量。

历史不会忘记，共和国不会忘记，在资金吃紧的关口，他们纷纷解囊筹集5000多万元用于发展生产，捐款41.7万元献给亚运会。为了节约燃料，工人们自己动手，给公共汽车重新背起了曾使“铁人”王进喜引以为耻的大气包。

同志，当你看到在浩瀚的油海中涌动的那片臃肿车影，难道你不折服辽河人宽广博大的胸怀吗?

“我是岗位的主人，为了祖国的明天。”这般醒目的标语和催人奋进的誓言，在雄伟的钻塔下，在洁白的井房旁，在车间、工地的岗位上，随处可闻可见。

曙光采油厂一口电潜泵采油井电缆常被击穿，先后耗资15万元，换了5次电缆也不奏效。青年工人唐国英、陈秀萍在井上蹲了3天3夜，仔细观察，收集了几十个数据，最后终于发现造成烧电缆是因为泵在油井液面上空转所致。排除故障后，这口井每天增产原油20多吨。欢喜岭采油厂作业17队队长夏守礼带着技术员和工人，在曾经两次作业不出油、关了3个多月的齐17—7井上查找原因，连续奋战8天，采用在管柱丝扣上缠密封胶带的办法，边下管柱边试压，使该井由“死”变“活”，日产量由零增到8吨。

如果说，全民职工尽主人之责是天经地义的话，那么，从那些合同工和被称为“流水兵”的轮换工身上，也可以尽情地领略到主人的风采。

欢喜岭采油厂7队入厂刚两个月的合同工张洪侠，为了摸清所管的间开井出油规律，找到合理的间开时间，他一连几天带上饭盒盯在井上观察，摸到规律并采取措施后，使这口井每次间开产量由3吨上升到6吨。井下作业105队农民轮换工刘学智的小孩高烧40度。早6点队上派车到井场接他去给孩子看病时，离下班时间还有两个小时，可小刘说：“孩子病是大事儿，工作更要紧。”

他硬是坚持正点下班后，才把孩子送到医院。

这里没有杜撰，没有虚构和夸张；

这里还延续着许许多多真实的故事。

这，就是社会主义企业主人的风采；

这，就是能源的能源！

（发表于1992年）

湛蓝色的画家

海洋，以她湛蓝色的波光，沐浴着现代文明。大连因依傍于渤海而名噪全球。她不仅以其海滨风光的奇秀和经济贸易的对外开放闻名遐迩，而且大连人也大都透着灵气，风流之辈层出不穷，为世人所仰慕，但也不乏嫉妒和愤懑。一点也不夸张，我们的国民心理的确有这样令人遗憾的一面：恨人所有的，笑人所无的。

> 组成我身躯的是故乡的土地，灵魂却属于她——大海。湛蓝湛蓝的乳汁养育了我的父辈，又给了我生命的纪元和创作的灵感。于是我经常做着理想的梦——成为人类历史杰作中的一笔线条和一块颜色。
>
> ——本文主人公艺语拾零

几年前，邓刚以其《迷人的海》蜚声文坛，博得世人瞩目；近年又一个大连青年于永华，以其对大海的细腻而深沉的情感和娴熟而老到的技巧，在绘画界脱颖而出。不说他多次参加高规格的画展，也不说他几番荣获高档次的大奖，更不说他那带着小传的单人头像在《科普作家词典》上发出拿破仑式的微笑，让人嫉妒的是，他的油画《说不清的风向》、《故乡的海》等六幅作品，搬上了北京艺术家画廊，引起了美术界不小的轰动。张祖英、马永、范水等画坛巨匠大加赞赏，寄予厚望。中国国家对外展出公司的专家们慧眼识珠，将《说不清的风向》这幅最能代表于永华绘画成就的佳作，收送中国驻瑞士大使馆珍藏。对此，有人斥之："我画海涮笔的水都用了几大缸，还在'悄悄地打枪地不要'，小毛孩子，才涂了几天油彩就不安分了。真是酱碟里扎猛子——不知深浅。"

此时此刻，站在中国的"隐士之家"的于永华早忘记了那些无聊的非议，他眼前出现一个幻觉：落潮了，大海边上，一个四五岁的小男孩随着赶海的人们，蹦跳着追逐浪花，突然他那小脑袋里冒出一些古怪的问题："为什么海水是蓝的？大海深吗？谁敢试探一下，究竟有多深呢？"

他问妈妈，问哥哥，谁的解释都显然不能使他满意，他只好盼着快点长大……

一、失乐园

SHI DAI YUE ZHANG

人类的始祖亚当和夏娃受蛇的引诱，偷吃禁果，自此能知善恶，因而被上帝逐出伊甸乐园，于是辛劳和痛苦就永远与他们为伍了。

——《创世纪》故事

也许，没有那个小小的窗口，没有那窗口射出的一道微光，一切都该是另一副样子，正如假若牛顿没有注意到那只从树上掉下来的苹果，历史将重新改写一样。

1973 年，深冬。夜幕刚一降临，大连瓦房店市，横穿小城的文兰河边的一盏灯照例亮了。它准时、耀眼，就像一颗启明星。终于，引起了一个 13 岁男孩的注意。他向那灯光走去——没想到此去竟成了他人生的转折点。

他捡起两块砖头垫在脚下窥视——屋里一个三十岁左右的男子，神情专注，在一块画板前，就那么一笔两笔居然就生出一只小鸟，简直要飞出来！

此人叫姜同心，瓦房店阀门厂的工人。闲着总喜欢画两笔，不过是消遣凑趣。面对巨匠林林总总的画坛，他从未做过当什么家的梦。没想到，却无意中将一颗艺术燧石撞击出绚烂的火花。

小男孩在窗前趴了两个多小时。那画板画笔油彩和那山水鸟兽，居然对他产生了一股魔力。什么晚饭家庭作业妈妈让他早点回家的嘱咐，全被他抛置脑后，两只圆溜溜的小眼睛一眨也不眨地盯着姜同心的那支笔。

也许是小家伙在外面弄出了什么动静，姜同心一回头，发现窗户上一张郑重其事的小脸，小小的鼻尖贴在玻璃上，形成一个椭圆形的平面。姜同心没太在意，继续做他的画。

一连几天，姜同心总能看到窗前那张冻得直流鼻涕的小脸。终于，他被孩子的痴情感动了，“小家伙快进来，外边怪冷的。”

小家伙进来了，屋里的一切对他都是那么新奇。姜同心画，他在一边看。看着，看着，手有点发痒，便不安分地动手“操练”起来。姜同心看他尽管画得歪歪斜斜，似像非像，但线条当中却透着果敢和巧思。再看看他那对水灵灵的小眼睛，分明蕴含着不尽的聪颖和才气。他不由得想起那句古训：“十步之间，必有芳草，十室之邑，必有俊士。”说不定这是块大材料。

“小家伙儿，我这业余水平别把你耽误了，你真学，我给你找个老师，王大为，在咱们瓦房店画画数头号。”

“在哪？”小孩急着追问。

“文化馆，我领你去。”姜同心认真地说。

从此，于永华，就是这个男孩，迈进了色彩与线条的世界。那年他 13 岁——这个数字，在他未来漫长的人生旅途中，将预示着什么呢？

俄罗斯艺术大师苏里科夫学画时，曾经给自己立下规矩：每天画的纸不得少于 2 斤。几十年的苦练不辍，他登上了俄罗斯现实主义绘画的顶峰。而在他以后就没有几个人肯这么做了。苏里科夫带着巨大的遗憾升入天堂。

1974 年，瓦房店中学。初二班正在上几何课。于永华眼睛瞪着黑板，心早飞了。自从认识王大为以后，他就像着了魔，躺在被窝里还在比划。

老师在黑板上画了个椭圆，于永华照样在纸上画了个鸭蛋。老师在圆上画数轴，他在“鸭蛋”上打个“十”。抬头看看老师，突然狡黠地一笑，继续勾画着。

“于永华，你干什么？”老师知道这个蔫啦吧唧的小子肚里尽鬼点子。

“我……”他支吾着。

“拿来！”老师威严地命令。

老师接过练习本一看，鼻子差点儿气歪了，几何图形什么时候变成了人物头像。你别说，画得还真挺像。不过，做学生的不守本分，不好好听课，这是无论如何不能容忍的。

“站起来！就凭你还想当画家？”

于永华不明白，我不比别人缺啥少啥，为什么就不能当画家？我偏要当给你看！

从此，这个犟脾气的孩子给自己立下一个死规矩：每天不画完30张速写，决不吃饭。苏里科夫的弟子！他中午到市场与小商小贩为伍，任凭日光灼热汗流浃背尘土飞扬。晚上到大车店同牲口做伴，顾不上蚊虫叮咬腥臊恶臭呛鼻子，画满脸沟壑纵横浑身汗渍斑斑的老农，画摇摇欲坠稀里哗啦叮当响的马车，画大马小马肥马瘦马骡子驴。

秋去冬来，西伯利亚上空的那股冷气团，在经过三个季节的养精蓄锐之后，突然越过蒙古高原和大小兴安岭，以雷霆万钧之势席卷而来。一夜之间，东三省冻成了一块冰砣。寒流到达渤海湾，虽然已是强弩之末，但还是叫大海领教了它的厉害。大连在寒风中瑟缩着。

瓦房店火车站。等车的人们裹紧大衣扣紧棉帽扎紧围脖，男的嘴里叼着“星星之火”，女的嗑着五香瓜子或三五成群海阔天空地神侃或形单影只昏昏欲睡站着坐着躺着卧着缩成一团。

所有这一切都被一个十五六岁的小伙子看在眼里，并“录”

在他面前的画板上。一笔下去，“唰——”画板上结了一层冰，于永华向那上面哈了一口气，再描第二笔。

人们终于注意到他的存在，便三三两两地围上来。围了个里三层外三层把他的视线给挡住了。

“小伙子画得不错。”

“小小年纪将来肯定成大器。”

“让一下让一下，咱也开开眼界。”

“后面别挤，再挤我趴人家身上了不像话。”

七嘴八舌你推我搡以至于要发生“人民内部矛盾”。于永华哭笑不得：没法再画了。

站里的民警被这个天天来作画的少年感动了。

“大伙别看了，影响人家画画，愿意看到书店买去不是一样吗？要不然我可要收门票了！”瓦房店出了这么个小画家，他自己也觉着足以向那些外乡人炫耀一番，毕竟咱这海边人杰地灵。

到底是那身警服和头上的大盖帽好使，人们后退三尺让出面前一块。

于永华不知对那好心的民警怎么感谢。此后他们成了忘年交，于永华天天晚上来画画，那民警天天来给维持秩序，直到于永华画得那只手冻成面包状，再也拿不住笔。

他，在这方圆百里的小城名声大振。

在那个时代，搞艺术的人常常被当做政治天平上的砝码，根据现实的需要搬来挪去，很难称出自己的分量。但是，社会是个大舞台，什么人生的活剧都可能在上面演出，至于充当什么角色，就看你自己的了。

1975 年，辽宁美术出版社奉“上头”指示组织一批高手画农业挂图，推广哈尔套经验。于永华居然也被选中了。既然来到省城，就不妨去拜拜名师，碰碰运气。他鼓起勇气带上自己的习作叩开了《辽宁日报》社的大门。美术部肖瑛、石庆寅两人一看：“挺不错，可以发表。”他兴冲冲地回到水利局，天天找报纸看，连报缝也不放过，仍不见他画的影子。这两位老师可能是给我吃宽心丸，那省报，不是谁的作品都能上得去的。他不再找了。第七天头上，水利局领导在走廊里喊他：“小于子，你的画印在报上了。”

“您是开我的玩笑吧？”

“我哪能骗你！”

“真的？”于永华一口气跑到楼上，抓过报纸一看，是自己的画！白纸黑字写着呢！要是家里爸爸妈妈看了会多高兴！哥哥妹妹们看了会多高兴！老师、同学们看了……

自从13岁他闯入艺术王国后，童年的小河中的嬉戏，童年的树林里的迷藏，童年的一切顽皮和胡闹，便不再属于他了。从此，社会对他的苦涩的追求所给予的些许注意，也许便成了他失乐园后的唯一一点补偿。

二、灵魂的炼狱

SHI DAI YUE ZHANG

于永华已经20岁了。

20岁，古人加冠的年龄。此时，嘴巴上胡须渐渐多了起来的于永华想得也多了，不像几年前只知道把自己泡在油彩里，有个离他还很遥远，在别人更是连想都不敢想的当画家的念头支持着他。他开始考虑现实考虑前途考虑人生。眼下自己还是个接受贫下中农再教育的知青，连个着落都没有，更何以“家”为？

机会来了。1977年，在中国停了11年的高考恢复了，命运之窗向于永华闪出了一道微光。他兴奋得不能成寐，万没想到还能赶上这样的机会！他们这一代人真是太不幸了。刚刚上学就赶上那场史无前例急风骤雨的“革命”，识字课本变成小红书，成天摇头晃脑有口无心地背“老三篇”，背“革命不是请客吃饭不是绘画绣花”，面对领袖像早请示晚汇报，臂戴袖章满街乱窜，口号震天响：“打倒中国赫鲁晓夫！”“挖出毛主席身边的定时炸弹！”刚来个 1972 年回潮，紧跟着就是批林批孔、评水浒批宋江、反击右倾翻案风、上山下乡广阔天地里去大有作为。幸好，在文明和知识的衰落中，他抓住这支画笔，死死不放，苦苦追寻，还算没有虚度春秋。可是肚里那一瓶墨水早随着疲惫的岁月忧郁的人生一起流进泥沙俱下的文兰河了。命运不选择我那是天之不公，我不选择命运是我的无能。妈的，拼了！

他一头扎进书堆里，成天蹲小号似地把自己关在屋里点灯熬油搜肠刮肚，一册一册教材，一本一本资料，一套一套试题，几年的时光像饼干一样压缩到几个月里，脑袋里挤挤压压塞满了名词概念数学公式几何图形，胀得两眼昏花头大如斗。渴了喝口凉水饿了吃块面包困了打个小盹，成天成宿连轴转，就好像在和自己的身体过不去。末了，吐一口痰，殷红的血液对他进行正当防卫了。

“你这是不要命了，能这样拼吗？”县医院临床诊断：大叶肺炎。离群疫性肺结核只有一步之遥！于永华终于把自己折腾到病房里去了。

他接过诊断书就像接过一张死刑通知单。完了完了完了一切都完了，满脑子里只有这一种声音在轰响。

于永华的心淌着血。从 1973 年深冬的那个夜晚小城的窗口向他展露了启蒙之光而至于今，他已经在艺术海洋里遨游了五个春秋了。他不停地搏风击浪，深知只要稍有停歇就会沉入大海再也不会升起来。狂怒的波涛劈头盖脸地砸下来，把他淹没了。过一会儿，他又顽强地钻出海面。靠岸了，高高的象牙之塔闪烁着诱人的光辉。他脚步蹒跚，近乎疯狂地爬上这辉煌的艺术宫殿。他向往那里的旖旎风光，美丽的阿芙洛忒底和智慧的雅典娜在等待着他。三十九级台阶他已经爬完了大半，快要登堂入室了，却突然脚下一空，一个跟头跌入万丈深渊。命运和他开的这个玩笑有点过于残酷了。

他觉着自己躺在了哈得斯的床上。葡萄糖瓶吊在铁架上面不住地冒着气泡。在他看来，那分明是一个巨大的十字架，上面钉着鲜血淋漓的耶稣。他看到死神在向他招手。“这是天意。”即使是唯物主义者到山穷水尽无可奈何之时也会这么想。

“我们病房那个小画家这两天有点不正常。”搞艺术的人脸上藏不住事情。

病友们来了。沈阳的刘大姐对他说：“肺结核并不可怕，我得的就是肺结核。人最可怕的就是精神倒了。你看多少伟人，冼星海、鲁迅他们都是肺结核病，但他们一生却做出光辉成就。只要你有信心战胜疾病，一样能成大气候。”

医院领导来了，“小同志，为了你，我们几次会诊研究医疗方案，希望你配合我们治疗。当一个画家不但要画得好，而且还要精神好”。院领导回过头吩咐护士：“把我们那个仓库腾出来收拾一下，做临时画室和病房，供我们的小画家用。”

我何德何能，人们竟如此厚爱？于永华鼻子一酸，眼睛有些发潮。是不是自己太脆弱，太小家子气了？

夜深了，于永华还幽灵般地在走廊里游荡。高考就像地上那道阴影，晃来晃去，死缠着他，挥之不去，撵之不走。难道真的是死路一条了吗？耳边奏响起贝多芬的《命运》……“公爵，你之所以成为公爵是因为你的出身，而我贝多芬完全靠自己！公爵，过去现在将来都有的是，而贝多芬只有一个！”他觉得腹内有一团热气在上升，周身的血液在燃烧在奔突，一股神圣之气溢满胸膛。是的，真正的勇士决不乞求命运的施舍，贝多芬只有一个！他呼地冲进画室，抓起画笔，在画板上纵横驰骋挥洒淋漓。他要扼住命运的咽喉！

于永华终于抖落一身的沉重，出院了。临走时他热泪欲滴，到死他也不会忘记这个地方。“人生何处不相逢”，在这里，他遇到那么多的好人：老院长、护士小李、刘大姐……在这里，他实现了艺术上的一个飞跃。在这里，他完成了灵魂的一次升华。

大难不死，必有后福。瓦房店评剧团收留了这个被命运遗弃的孤儿。当然他也以自己的才华赢得了剧团领导——一个轻易不点头的倔老头的赞许。剧团以前画广告都是靠拍照或找人家的广告“抄袭”。而于永华只要看一遍剧本，近视镜片后面那双充满才气的眼睛一眨，刷刷几笔，一个生动逼真的广告就出来了。

他投入了社会的怀抱。

1982 年 5 月。大连市某监狱。犯人们在接受一次灵魂的洗礼。一个纯洁美丽的少女因为父母的离异而滑进了“泥坑”。在沈阳马三家子教养院，年过半百的老父提一兜她从小爱吃的苹果去看她。北风怒号，寒气逼人。她从水田里积肥回来，父女俩抱头痛哭。父亲老泪纵横跪在地上，一口一口地哈气。女儿脸上的冰块被融化了，女儿那颗冻僵了的心也被伟大的父爱融化了。她决心脱胎换骨重新做人。当她用在狱中省吃俭用攒的钱买了罐头去看望生养自己的老娘，尽一尽女儿的孝心时，万万没想到，童工出身辛劳了一辈子的老母却因为日日思念爱女精神分裂投井自杀了。她悲痛欲绝。她恨自己，要不是自己母亲怎么会死？她恨拉她下水的那帮人，要不是他们，自己怎么会走上这条路？我已经家破人亡，不能再干对不起父母，对不起政府，对不起自己的傻事儿了。她忍受着社会的歧视，承受着公婆的白眼，发奋地工作，以此洗清自己的罪过，净化自己的灵魂。她织的毯子被外商看中，出口创汇，她被评为瓦纺的劳模。当厂领导把大红花戴在她胸前的时候，她热泪盈眶。她想到了苦命的妈妈。妈妈，您看到了吗？女儿如今再也不会让您操心了！

“呜呜——”犯人们哭出了声。他们那麻木的神经开始苏醒。大连市司法局局长和新闻界人士握住了这套连环画的作者于永华的手：“感谢你用画笔给他们，不，也给我们大家上了这么生动的一课！”

于永华摘下眼镜，擦了擦湿润的眼睛，“不要谢我，是故事本身感人，我也是流着泪画完的”。

第一次听到这个真实的人生故事，于永华就流了泪，决意把它画成连环画。这时，他刚刚结婚，大喜的日子天天脸上挂着泪痕。白天晚上都不回家。困了就在剧场弄个红旗一裹，就地一躺，睡个把小时起来接着干。瓦纺工会的范安全被他的“玩命”精神感动了，天天陪他。于永华反倒过意不去了，“大哥，你别老出来陪我，嫂子该有意见了”。他连拉带拽把范安全送到家门口。小范一看表，“哎！你嫂子刚下班，今晚叫她见见面，别老怀疑我。”于永华莫名其妙。小范一进屋就喊：“哎！你不老问于永华是男的还是女的吗？看我给你带来了。”小范妻子脸腾地红了，乐得前仰后合，“原来你们是同性恋呐！安全做梦都念叨永华永华的，我还猜他有了外遇呢！”

“上帝”被感动了。鲁迅美术学院副院长任萌章看了于永华的画不住点头，“嗯！有潜力，有出息。”一封举荐信使于永华迈入东北师范大学美术系的门槛。

骄横的命运之神在这个百折不挠的青年人面前终于低下了他那高贵的头颅。

三、超越自我的升华

SHI DAI YUE ZHANG

创作中灵魂的炼狱，又使于永华站到了一个认识的新起点上：一个艺术家不能做自然的翻版，而应创造出一种“生命”，即理念的复合，现实的升华。1985 年，他又考取了该校美术理论函授班主攻文艺理论。理论基础知识的丰富和艺术技巧的提高，使他的画艺如虎添翼。连环画硕果累累，油画创作也异峰突起。1986

年，他创作的油画《童年白马的记忆》、《啊——秋叶》、《蓝色的静觅》、《黄昏他走过了草地》参加了北京——大连现代青年油画展，在中国美术馆展出。1989 年，该作品作为油画组画《少女篇》参加中国青年、苏联青年现代油画展，在莫斯科展出并获优秀作品奖。

1990 年，于永华作为福建省美术馆艺术家画廊的客座画师受聘为新加坡绘制四幅壁画：《古战场》、《摘苹果的时候》、《东北秧歌》、《历代帝王图》。他以弘扬民族文化为宗旨，在创作方法上，借鉴传统民间彩绣工艺，结合现代立体构成的原理，用历粉镏金的形式表现出来，得到行家们的一致好评。他越画越有劲，仿佛身上有股超然的力量。

于永华在向笔者谈他创作《潮圣大海》的感受时说：“其实方法并不重要，重要的是你对大海的感受和理解，我不想使我的作品成为自然的翻版，而是试图通过那些深沉、平淡似乎寂寞的瞬间情节去表现人与自然的那种赖以生存的相互关系，表现人类生活中的民族精神所在。”

与《潮圣大海》不同，油画《说不清的风向》则主题含量大，风格朴实。似概括的朦胧诗，在这幅画里于永华以象征主义的手法暗示人生哲理，自然的“风向”说不清，而人类社会的“风向”更是说不清的。画面用色简练，造型稚拙坚实有力，正像于永华自己所说的那样：“我愿使自己的作品能给观众留下更多的思考余地，而不是一目了然。在思维上，我愿意冷静地去观察、思考现实生话，在感情上，我喜欢用单纯色彩去表现五光十色的遐想，用象征的画面来表达内心的那种莫名其妙的感受，那种不可名状的孤独与寂寞。幸福与欢乐，它是那么朦胧，那么遥远，似乎是在追忆也好像是幻想……”

带着“果实”，带着“喜悦”，带着成功的“余热”，带着良师挚友的希望，于永华又回到了大海的怀抱。

涨潮了，海浪撞击着礁石，发出哗哗的响声，显示了勃勃的生机，几艘渔船扬帆运去，驶向大海深处。他的目光和思绪也随之而去。烟波浩渺中，天空和大海渐渐融合在一起，湛蓝湛蓝的，融化了海岸，融化了大地，融化了他的肉体和灵魂，融化了所有的空间和时间……

（发表于1991年）

呼 唤

“明明，快来，看爸爸给你带来了什么？”

五岁的小明忽闪着黑葡萄似的眼睛看着爸爸手里托着的两只活“玩具”：“爸爸，这是什么呀？”

爸爸粗声粗气地说：“这叫野鸭子。”

野鸭子，一只脊背上是绿色，闪着亮光，翅膀上还带着蓝色的斑点；另一只全身是褐色的，带黑色条纹。啊，真是好看极了！

人和动物对生存的呼唤是共同的，身处逆境发出的同样是哀鸣。

“我要野鸭子，我要野鸭子！”小明嚷起来。

“好好好，爸爸给你！”

明明和鸭朋友真是“一见钟情”，什么小飞机啦、小手枪啦统统被他撇到一边。每天早早起来，用水果刀把白菜叶切碎，拌上玉米面，放在小白瓷盆里搅和匀乎。这时鸭朋友就急急忙忙地将扁嘴巴撮到里面，把盆子敲得“梆梆梆”发出均匀的声音，然后抬起头，一抻脖，再甩甩嘴巴，直到把它们的小主人逗得咯咯笑个不停，大概算完成了吃一口“饭”的过程，便又一次地把嘴巴插到盆里。等它们吃完，明明就一左一右把它们抱在怀里，小脸蛋贴在鸭头上，给它们“嘴儿”一个。晚上睡觉时，又把它们搂在被窝里。当然啦，免不了一夜拉上几泡稀屎。脏了褥子，就用破布擦擦，将褥子翻个个儿，又把鸭朋友接到被窝里，一睡到天亮。又一个夜里，小明搂着心爱的“朋友们”睡得正香，妈妈实在烦得慌了，想让他（它）们“分居”，刚一伸手，鸭子呱呱地连叫两声，直往明明被窝里头钻，小爪子在小明的大腿根乱挠蹬。大概是触到了神经特别敏感的那块儿，小明闭着眼，夹紧两条腿，缩成一小团，用手将被子往里掖了掖，又睡着了。打这以后，小明睡觉翻身时，“朋友”就呱呱地发出信号。

妈妈觉得奇怪，问爸爸：“哎，你说鸭子为什么叫？”

“有响动呗。”

“不一定，你抱过来试试。”

好事儿的夫妻俩把鸭子放在身边，连翻几个身，鸭子却毫无动静。

“怎么回事呢？”他们琢磨不透。

秋天，不声不响地来到戈壁滩上。一群大雁在天空徘徊了一阵，开始南飞。几声雁叫，小鸭子飞出屋内，一会儿便加入了雁阵，没有了踪影。

小明哭喊着追赶了一阵，抽泣着，越想越难过，越哭越委屈，倚在柴垛一边不知不觉地睡着了。“好朋友，回来吧！扔下我上哪儿去啊？快……”他有气无力地叨咕着梦话。

三天后的中午，小明正站在院中凝视远方的天空。“呱呱，呱呱。”多么熟悉的声音！回头一看，“啊，鸭子，回来了！”小明连蹦带跳地喊着，伸出双手迎接久别重逢的朋友。两只小鸭子在空中打个旋儿，稳稳地降落在他的两肩上。他抱起鸭子，生怕它们再离开，把腮帮紧紧地贴在鸭头上，撒野般地亲个够。又盛来半碗饭，倒上菜汤，好好招待了一下归来的朋友。

那天，明明发了高烧，迷迷糊糊睡了半天。醒来后第一件事就是找他的“小朋友”。“鸭鸭，”没应声。他支撑着虚弱的身子爬起来，“鸭鸭，鸭——鸭。”房前屋后叫了个遍，也没见着个影儿。

小明又一次地慌神儿了。他晃晃悠悠地在单身宿舍区搜寻着，走到第四栋尽东头的房门口时，只见一堆鸭毛还冒着热气。是！正是他那“朋友们”美丽的外罩！小明差点没哭出声来，当！一脚把未闩的门踢开了。只见地中间一个用木板搭成的临时餐桌上放着一碗红烧鸭肉，两个人正狼吞虎咽地就着鸭肉开怀畅饮。一个三十来岁，络腮胡子从鬓角一直伸到衣里边，毛扎扎的头发像团转起来的刺猬，眼睛布满了血丝，一副凶相；另一个四十岁左右，戴着鸭舌帽，穿戴整齐，长得倒挺和善。

“小家伙，可香喽！流口水了吧？来，尝一块。”那四十来岁的用筷子夹着鸭头用粗哑的声音说。

叭！小明一脚把那人手里的鸭头踢飞了。“妈的！”络腮胡直起腰，手一伸，一个耳光打在小明的脸上。

呜呜呜……小明哭着走出屋，来到房东头的墙根蹲下了。已是腊月天气，戈壁滩北风夹着沙土呼呼地刮着，干冷干冷的。明明的耳朵冻得像猫咬。他用两只小手将两只耳朵捂着，一会儿，两只小手冻得发紫，他又将小手插进袄袖。

哗！门开了。走出一个人，用撮子倒出一些东西，咣！门又关上了。

小明蹑手蹑脚从房头溜到了墙根，走过去一看，是鸭骨头。

他一块一块地把骨头捡起来，扯起衣襟，兜着，鼻涕一把泪一把地向家走去。

“怎么了，明明？”妈妈问。

他哇的一声大哭起来，抽咽着说：“小鸭子死了！”

“好孩子，没关系，让爸爸再给你抓两只不就行了吗？”

“不嘛，我不！”他挣脱妈妈的手开始翻箱倒柜。

谁都没注意他在折腾什么。

半天，他把一块削得光滑滑的小木牌拿到爸爸面前。

“干什么？”爸爸半带吃惊半带好笑地打量着他和他手里的东西。

“给小鸭子的。”

爸爸收敛了笑容，半晌，抚摸着他的头说：“来，爸爸给你写。”他取出毛笔在上面工工整整地写了“小鸭子之墓”五个字。

小明向西北的大漠走去，右手拎着木牌，左手握着布口袋装着的鸭子尸骨。

走了一里多，他回头看看，离住宅区、离有人烟的地方还很近。一转头，又向前走着。

他站住了。这是沙丘中的一块小小的墓地，从石缝间挤出的小草已经枯萎，但这里却挺立着一株小槐树。

他用手扒开碎石，挖了一个小坑，把鸭骨放在里面，埋上，培起一个小沙包，将木牌立在前面；然后挺起身，两条小腿并得溜直，低着头，默默地站立着，任泪水从眼睛里淌出，漫过冻红的脸蛋和鼻涕混到一起……这时，西北风卷着沙石扫荡着大地，树枝发出刺耳的呼啸，像悲愤的哀乐在大漠的上空回荡着……

（发表于1990年）

绝　望

钱老头儿，矮个子，背略有点驼。虽已六十出头，但走起路来却常带小跑。一双善于捕捉行情的眼睛，使人看上去便知他是个生财有道、发家有方的老头儿。

两年前，钱老头儿退休回到了家。他看着左邻右舍有的靠抠鸡屁眼儿发了家，有的靠塑料大棚成了万元户，再也稳不住神儿了。凭其多年的经济脑瓜，想出了一条生财之道——他要办一家花圈商店。费了九牛二虎之力，总算在厂区一条不惹人注目的小巷深处，搭起了一栋半新不旧的浅绿色木板房。然后，又挖门子、又套近乎，攀请著名的书法家海林题写了花圈商店的匾牌，并以供奉家谱般地恭敬，将其挂在板房门上方。为使生意兴隆，还不惜工本在《辽河石油报》上登出广告：

> 人的欲望一旦破灭，呈现的绝望中往往潜伏着对新的轮回的企盼。

本店出售各样花圈，做工精细，肃穆大方，价格便宜，备有现货，为不幸者带来福音。

本店地址：采油厂家属区南口，经销人：钱广财，联系电话66531。

花圈店正式开张营业的那天，噼噼啪啪的爆竹声足足响了半个点儿，以驱邪恶，乞降财运……

钱老头儿好不容易盼来了他的第一个顾客。那人干部模样，脸上像熨斗刚熨过一样，平板板地。尽管钱老头儿再三寒暄，那人仍不理睬，只是倒背着手环视屋里摆放的花圈，然后，边跟同来的司机压低嗓音说："这都不够派，送上去也是窝囊人，不如……"那声音虽小，但像一股强大的电流触动着钱老头儿那根急切发财的神经。然而，钱老头儿正是凭这根敏感的超乎常人的神经，很快认识了他迫切寻求的"经济规律"。

他带领老伴、女儿、儿媳改进工艺，扎了一批直径为 3.5 米、具有五种颜色、中间镶有烫金"奠"字、气派非凡的大花圈。当然，他也毫不客气地将价格提高两倍。当他的这些花圈被摆在厂人事科李科长的灵堂里和追悼会场时，上百张大团结乖乖地流进了他的腰包。

当天晚上，钱老头儿早早地入睡了，不一会儿便做起梦来：在北方八省市花圈评比会上，他的产品获了一等奖。于是，他的店门口每天都排着长蛇阵，自己的储蓄存折上也增加了一笔又一笔可观的数字。之后，他又扩大了店房，购买了汽车……不一会儿，他醒了，发现自己仍然躺在不足十平方米的木板房里。烦闷间，他霍地坐起，披上衣服，一口一口地吸着老旱烟。吸完烟，又倒在床上竟毫无困意，一直熬到天亮。他再也忍耐不住了，决定亲自去接"财神"。时针刚指向七点，他就来到厂医院住院部，逐个病房打听有几个重病号，然后又匆匆来到太平房，探听死神降临的信息，并且一再嘱咐看门的老头儿："如果有谁被抬进来，要赶快给个信儿！"可事与愿违，他虽然一次次高兴而来，但都扫兴而归。

一眨眼，四十多天过去了。当钱老头儿又一次出现在太平房门前时，看门的老头儿悄悄地告诉他一条新闻："廉副厂长昨晚九点多被抬进来了！"此刻，钱老头儿虽然脸上稍有悲哀神色，但心里却乐颠颠地，这回又不知有多少张大团结飞到自己的腰包里……他二话没说，转过头来就往家跑，跑得满头大汗，气喘吁吁，一头扎到后仓库里，将库存的各类花圈统统地数了一遍，计 124 个。他不禁自语道："廉副厂长到马克思那儿报到，这可是采油厂天大的事儿，丧事的气派准小不了，说不定几个数还打不住咧！”他嘴里叨咕着，顺手端过茶杯，呷了两口茶，耐心地等待着顾客的来临。

夜幕轻垂，采油厂家属区亮起了万家灯火。钱老头儿的老伴儿等得心急，不耐烦地问道：“我说老东西，这厂里的大官死了，怎么连一点动静也没有？你是在哪儿听的谎信儿？”钱老头儿蛮有把握地说：“我这消息绝对可靠，这年头儿，给大人物办丧事就是要有点气派，你看吧！等天黑一黑，大小车辆准保都得来。”

黑夜逃遁了，一轮红日冉冉升出了东方的地平线。钱老头儿还在耐心地等待着，并不时地用手揉揉困倦了一夜的眼睛。

忽然，厂门前转盘中心的高音喇叭里传来女播音员的声音：我厂副厂长廉洁同志临终嘱咐，丧事从简，不组织吊唁，不开追悼会，一律不接收花圈、挽联。治丧委员会根据他的遗愿，决定丧事一切从简。

听到这儿，钱老头儿惊呆了，两腿软绵绵的，勉强支撑着疲惫的身子，顿时陷入了绝望之中……

（发表于1992年）

初识浅读美利坚

人们对往事的追忆，往往沉浸在理性和深刻之中，对事物和问题的认识往往也突破当事时的思维定势，跨越时空的隧道，很可能得出当时意想不到的结论。

——题记

未入“洋关”的思索

SHI DAI YUE ZHANG

将日历翻回到 1996 年 10 月 25 日，我随中国报业代表团赴美利坚合众国考察访问。那天，在首都机场乘坐中国东方航空公司 MU583 号航班，于 11 时 52 分飞离地面，13 时 23 分降落在上海虹桥机场。报关，安检，出境的程序顺利完成。14 时 40 分班机再次起飞，终点洛杉矶（LosAngeles）。当时上海的天气阴，雾很大，再加上要乘十几个小时的飞机，去的地方又是异国他乡，大家心中顿生忐忑，颇有此行莫测之感。带着茫然，带着疑惑，我们的双脚离开了祖国的大地，悬空在太平洋之上。

心情在平静，思绪在展开。我是戴着红领巾、唱着东方红、沐浴着毛泽东思想的阳光雨露成长起来的，可谓典型的生在新中国、长在红旗下。小时候，“美国佬从朝鲜滚出去”、“美国佬从越南滚出去”、“打倒美帝国主义”、“寄生的腐朽的美帝国主义”的口号如雷贯耳，牢牢地生长在我的记忆里。如今作为政治信仰执着的中国共产党人，不远万里去看资本主义的“典型代表作”，感情上还真得要调整一下。

我自如地调整自己不和谐的情绪。自1972年2月毛泽东与尼克松的第一次握手，《中美上海联合公报》的发表，标志着中美两国紧闭的大门已经打开。尽管社会制度、意识形态有不同，但在和平共处五项原则下的两国经济、文化、科技、贸易往来日益频繁。如今世界上所有的大政治家，无论是无产阶级的，还是资产阶级的，在国际事务中，无不审时度势、权衡利弊，灵活地顺应大浪淘沙的历史潮流，或恪守政治原则立场分毫不让，或韬光养晦、以守为攻。马克思主义之所以是科学，就是承认世间的一切事物按其内在固有的规律在动态中周而复始地运动变化。

机翼在亮丽无垠的太平洋上空穿云破雾。经过11个小时的飞行，于北京时间10月26日2时，当地时间25日10时。抵达我们访美的第一站——洛杉矶。空姐用清脆、亲切、标准而流利的中、英文介绍道："各位女士、各位先生，我们的飞机即将降落在美国西海岸的LosAngeles机场。洛杉矶位于加利福尼亚州南部，面积11万多平方公里，有2300多万人口，州府是萨克拉门托，主要城市有Los Angeles、San Diego（圣迭戈），洛杉矶的市区人口为2967000人，平均气温：1月为13.3摄氏度，7月为20.6摄氏度；平均降水量：1月为77.7mm，7月为0.3mm。加州有著名的加利福尼亚州大学、加利福尼亚理工大学，有闻名世界的迪斯尼乐园、好莱坞影城……"尽管空姐用中、英文对照交替的方法介绍，但是我们听起来还是觉得别扭和吃力，看来语言的障碍已经显而易见。当飞机在停机坪停稳时，同机各种肤色的人几乎不约而同地鼓掌，庆贺空中的长途旅行安全着陆。此时，我注意到头一次远行的人们，在争先下飞机，并边下边集中议论一个话题——怎样打电话向家人报个平安。

初识美利坚

我与同行者中头一次来美国的人一样，怀着好奇的心情走下飞机。这儿的机场与国内有些大的机场相同的是，舷梯是封闭式的，与宛如一条通幽曲径似的长廊相连接，直达候机楼。这长廊是合金铝制成，质料纯正，做工精细，光洁华美。

我们到达候机楼第一门，迎面的门上是克林顿总统的彩色挂像，那像不同一般国家首脑“标准像”那样标准，而是一个轻松场合的休闲表情的人头肖像。进入候机大厅，正面墙壁上左侧悬挂着美国的星条旗，右侧是加州的州旗。我问来接我们的翻译：“在这些场合挂总统像和国旗、州旗，也是强化民族精神和爱国主义教育吗？”从翻译的介绍中得知，美国的国旗和州旗的升挂并没有多少清规戒律，在各种场合都可以看到。被全球称之为星条旗的美国国旗，是美国独立后的 1777 年由国会通过决议确定的。旗面上由 13 条红白相间的横条和 13 颗镶在蓝地的星星组成，象征构成合众国的 13 个州。后来各州相继加入联邦，国会又于 1814 年通过议案，每接受一个州，于次年的 7 月 4 日，在国旗上增镶一颗星。这时翻译指着对面挂着的国旗告诉大家：“你们看，旗上还是 13 个横条，不同的是星星已有 50 颗，这标志着美国现在有 50 个州。”这时又有人问：“美国的国徽上的那只大鹰有什么说道吗？”翻译认真地介绍说：“那叫白头鹰，是美国的国鸟，在美国人看来，它代表勇猛、力量和胜利。它最初出现在星条旗上是独立战争期间，1782 年被选中为国徽上的主要图像，是年 6 月 20 日美国政府起用这个国玺来鉴定重要文件。”后来我在一图集上细端详，那白头鹰的左爪握着决心自卫的利剑，嘴里衔着一条用拉丁文拼写着“合众国”字样的彩带。由国鸟，我又联想到美国的国歌：

你说那星条旗是否会静止
在自由的土地上飘舞
在勇者的家园上飞扬

我的思绪又回到那白头鹰上。不是吗？鸭绿江边的炮声、越南战场的硝烟、海湾的战火，全球上多事之地的上空无不划过鹰的羽翼。不是吗？在世界历史悲壮的泪水里，在全球当今动荡的呼喊中，讨伐的一直是凶悍、野性、好斗和占有。其实，美国的人民非常友好，大都向往世界和平。在华盛顿白宫的草坪旁，我们遇到这样一件事儿，一位美国老妪搭起简易的帐篷，从 1988 年开始，晚上住在里面，白天出来，手持两个宣传牌，一个是用中文写着“世界和平”，另一个上画有和平鸽，用英文写着“保护和平”，热情地向过路的外国人出示。我们通过翻译问其这样做是为了什么，她说：“人类应该是和善的，世界应该是安宁的，我想为促进世界和平出点儿力。”老妪是否有苦楚的身世，我们不得而知。而此举却是美国人民爱好和平的一个真实的缩影。

▶ 在华盛顿白宫南草坪。

SHI DAI YUE ZHANG

想不到的遗憾

宽敞明亮的候机厅里，只见各种肤色的人融合混杂，其中不少是东方人。定睛细看，又有不少是我们熟悉的黄肤色——龙的传人。那些年轻的中国人中，有些是夫妇，其中有的还带着小孩。

看样子，他们中有的是留学，有的可能已经拿到了绿卡，甚至已经有了“安乐窝”，更多的是临时打工。他们到机场来，有的是接亲人，有的是接生意上的合作方，观其外表，每个人活得并不轻松。我们办理入境手续、取行李，得到了在机场里打工的华人的热情相助。同行的代表团成员都有一种异域遇亲人、他乡遇故知之感。不知哪位老兄冒了一句：“看来有人好办事是全球性的‘真理’。”大家虽然都未直说是对，但从表情里可以看出是认同。我仔细观察，在这机场里工作的华人还真的不少。于是，我萌生一个念头，如果我国向美国的国土上输入更多的劳务，其素质好的还可以参与管理这个地大物博、人口稀少的国家，美国不也有华人当州长、当议员的先例吗！这既是对付“和平演变图谋”的一种反渗透，又解决了我国人口众多的问题。后来我把这想法跟团长、《河北日报》总编辑老邢侃了一通，老邢说太天真，根本不可能。

一个小时过去了，我们的手续还没有办完，大家都等得有些不耐烦，有的同志实在忍不住说：“看来资本主义也不都是高效率。”一个半小时过去了，我们才算出了机场。

在翻译的带领下，我们出机场等车。大家提着行李在路边，望眼欲穿地又等了一个多小时。车子终于来了，翻译与司机急了眼：“定好的时间为什么来晚？”那司机是上海人，照实说了：“给别的公司跑了一趟，路上堵车，迟了时间，实在抱歉。”翻译吼道：“定好了的事儿，为什么不讲信用？”司机无言以对。我们一边劝翻译息怒，一边问：“美国自称是一个法制完善、效率很高的国家，像这种事儿多吗？不应该赔款吗？”翻译回答说：“真理的相对性是没有时间空间选择的，这种事儿在美国多的是。要他赔款，还不够打官司的钱呢。”听了这话，使我对有些媒体的宣传和有些来过美国的人的“玄乎”感到疑惑不解。

SHI DAI YUE ZHANG

实事求是看美国

此次美国之行，使长期以来在我的脑海里常闪过的问号，即如何认识美国高度的物质文明这一敏感的、人们羞愧于正面回答的问题有了答案。

这个答案的首要前提是，我们既不能用敌视和偏见，以偏概全，夸大美国的阴暗面以掩耳盗铃，又不能盲目地媚外，认为美国的月亮就是比中国的圆。实事求是地客观地审视和评价，才是唯物主义的态度。美国经济的高度发达、科学技术的高度进步、较高的物质文明，这是无可否认的事实。仅以交通为例，美国有 2.5 亿人口，小汽车有 1.2 亿辆，高速公路长度为 8 万多公里，占世界高速公路的三分之二，各大城市之间均有高速路相通，航空业极其发达，定期航线 30 多万公里，600 多个大中小城市都有飞机航班相通。在美国坐飞机如同坐公共汽车般便利。因为汽车是自己的，且自己又都会驾驶，大部分美国人到了周末，开着汽车，带上野餐和休闲用具，全家一起外出郊游、避暑或度假。因为美国的高速公路在全世界堪称一流，所以，比较远的路途，美国人也是要自己驾车的。在美国期间，我们还听到一件不解的事儿，即美国有 30 多万公里长的铁路，铁路网的平均密度为每 100 平方公里就有 5 公里左右铁路，可是许多美国人却不知道火车站在何处，其原因是坐飞机和自己驾汽车非常方便。那些宽敞舒适的火车车厢里，除了那些颤巍巍的退休老人占据一席外，再就很少有人乘坐。当然汽车过多，导致停车难、交通堵塞和车祸多是在所难免的。

美国又确实是一个科技极其发达的国度，这几乎无可争议。访美期间，我们感受颇深。美国一向以首创精巧的科技产品而著称于世，尤其电话、电视、电脑、飞机和太空船，许多产品更新换代的周期已大大缩短。名目繁多的科学卫星、宇宙飞船、航天飞机以及月球和行星探测器，均居世界之巅。硅谷，是美国高技术的摇篮，它位于加利福尼亚州的圣克拉拉和圣何赛，是美国重要的电子工业基地，也是世界著名的电子工业集中地。硅谷是 20 世纪 60 年代中期以来，微电子技术高速发展而逐步建立起来的，其显著特征是以科研力量雄厚的大学为中心，以高技术小公司群为依托，科学——技术——生产三位一体。硅谷现有电子公司 3000 多家，所产半导体集成电路和电子计算机分别占全美产量的三分之一和八分之一还多。进入 20 世纪 80 年代以来，生物、空间、海洋、通信、能源材料等新兴技术的研究机构相继诞生，以至硅谷已成为世界各国半导体工业聚集区的代名词。电子技术、声、光、电的综合应用绝伦，高度的自动化，遍及生活的每一个角落。坐在大巴士上可以看电视；在富豪的庭院里，无人操作的铲草机在草坪上欢快地跳跃，把绿色草坪梳剪得非常齐整。世界著名的迪斯尼乐园就是充分发挥科学家的想象力和创造力，运用光学、声学和生物学的知识，设计了各种游乐场面，运用各种电子仪表和计算机控制了众多的活动模型，使人们可以看到远古时代的各种景象和未来世界的景观，从而给人以天文、地理、历史、生物、航海、航天等多方面的科学知识启迪，成为人们流连忘返的科学世界和神话的迷宫。令人恐怖的鬼城就是高科技的杰作，在高科技的手段下，这里有 190 个鬼。当你刚进入那电梯间似的屋子里时，地板就向下沉降，翻译说，这是进入地狱了。于是便使你感到黑洞洞、阴森可怕，接着就是电闪雷鸣、风声大作，吊尸鬼、活动鬼不断在你眼前晃动。此时，我们同入鬼城的伙伴们几乎都高度紧张，担心电控系统出现故障，尤其胖一点儿和心脏不好的同志，更怕自己被扔在鬼城，说不定就变成了“洋鬼”呢。出来后，每个人都出了一身冷汗，大家你看看我，我看看你，不约而同地说：“一场虚惊。”

美国科学技术和经济的高度发达是不容置疑的，即使用再多文字也一下难以概括。那么，我们一些年轻人或没有去过美国的人，有的以为美国到处都是淌金流银的天堂乐园，能够获得真正的“民主、自由”。眼见为实，我们在美国看到的听到的一切，足能正确地诠释这个社会、这个民族，即在它先进发达的背后，也存在大量的社会问题，也充满着黑暗、恐怖、暴力和腐朽。

富豪们的奢侈生活与贫民窟的景象形成鲜明的对照。在美国贫富不均是一个突出的社会问题。我们到达洛杉矶的当天，便去中国大剧院观光，从著名的奥斯卡金像奖颁奖地沿星光街前往百花利山庄。这是世界著名影城好莱坞大明星们的居住地，都是洋房别墅，庭院坐落在绿茵花草丛中，楼下是小汽车库。据翻译讲别墅里边相当豪华富丽，明星大腕的生活非常奢侈。然而，在我们去访问《华盛顿邮报》的路上，却也看到了非常破烂的贫民窟；西北部大沙漠里也同样贫瘠得缺少文明的灵性；在旧金山市府的广场前，在地铁里，那些衣着破烂且脏兮兮的乞丐的生存方式，也真实地说明一个苦难的社会层面存在于美国。据说，这些人常年以乞讨为生。这又与在大街上游荡的花花公子和浪荡的女郎，形成了鲜明的对照。

在访问中我们还真实地了解到，美国的暴力犯罪案件屡见不鲜。在我们抵达华盛顿的当天，中国驻美大使馆新闻文化参赞李树宁就提醒我们，在美国有各种各样的不安全感，被抢、被盗、被枪误伤最令你提心吊胆。在美国买枪是自由的，由此局部的暴力事件是经常发生的。在我们到达纽约的当天就遇到了惊险事儿：我们的车子穿过繁华的百老汇，向左拐后直行，突然枪声响起，司机一个急刹车，车上满座皆惊，大家纷纷站起向前看，司机说，是几个暴徒在抢一家金店，顿时车上气氛有些紧张。《人民日报》驻华盛顿首席记者李云飞告诉我们，在纽约的地铁、旧金山市府广场，夜深人静时，就有一些黑人向你索要钱包或衣物，如果你不给，就很可能挨一枪。在美国黑人受歧视，甚至无辜被杀害的事儿，也不是什么新鲜事儿。抢劫的强盗也有，不过他们抢劫的目标大都是千万元以上的富翁，因此，“大款们”的住宅戒备森严，大都有监视器。尽管如此，野蛮的强盗还会从别墅的房顶扒洞入室行窃。“穷小偷”也令人不安,我们还真体会了一次。11 月 2 日(美国东部时间)，就在我们从洛杉矶飞往华盛顿的当天，我们在中国城的一家华人餐馆刚坐下要吃午饭,《长江日报》的老刘去上厕所的工夫，挎包就不见了。50 多岁的老刘顿时手开始颤抖，全团同志都有些紧张，问老刘究竟丢了什么。他吞吞吐吐不肯说，他只是说，“这是在人家的国土上，我们说丢了东西不合适。”大家七嘴八舌地说，东西都丢了，有什么不好意思的。团长说，大家再找一找，于是，全团行动，从餐桌上到餐桌下，甚至连老刘去过的厕所，都找了个遍，仍不见老刘挎包的踪影。到了宾馆，老刘才说，丢了一架尼康 FM2 照相机，还有此行带的全部美元和人民币。在代表团临时党支部的号召下，我们又发扬了国人传统风格，一人有难大家帮——每人捐赠 20 美元，接济老刘。

在旧金山，我们遇到了许多的华人。问其在美国生活是否非常滋润，看其表情，好像也是一肚子苦水。其中一位哈尔滨籍的老者向我们道了许多实情。在美国，大多数人是靠薪金生活的，其中最大的威胁是来自失业和通货膨胀、生病和年老退休。这时站在他身边的女儿插了一句说 :“在美国是青年人的天堂、中年人的战场、老年人的坟场。”我们从这爷俩儿的难于言表中认定,在这个国家里，或者说，在这个金钱万能的社会里，没有钱是无法生存的。

在位于美国东北部宾夕法尼亚州的特拉华河畔的费城，我们同一位华人老者聊天，他透露的实情是，他们最怕的是生病，因为医疗费贵得惊人，仅挂号费就得百八儿美金，一天的住院费得几百美金不等，人工流产费也得一二百美金，接生费约六七百美金。我当时问 :“美国的本土人或者持有绿卡的人有没有医疗保险？”老人说 :“有，也是要有不少的限制，保险公司能给你保险，你得能掏得起保险费。对三分之一在贫困线下生存的人来说，很多社会保险对他们来讲，我看不过是一个圈套，只有那些富翁才能从保险中得到利益。”老人非常动情地说。

听着费城老人的诉说，我们不得不思考这样一个问题，费城是美国革命的发祥地，许多具有历史意义的事件都发生在这里，美国著名的《独立宣言》在这里签署，第一部宪法在这里诞生。虽然它曾经是美国的首都，还被称为美利坚合众国的摇篮，尽管这里还完好地保存着记载美国光荣历史的名胜古迹——独立宫、自由钟、国家独立公园、独立大道和被誉为美国之父的富兰克林博物馆，但人们要真正实现政治、经济和生活的独立与自由，还只是一种美好的愿望。虽然我们只是从这座老城匆匆而过，但那座两层旧式红砖楼房的正屋和塔之间镶嵌着的那座大时钟呼唤自由的钟声，至今依然敲击着耳鼓。

诸多因素的合众体

SHI DAI YUE ZHANG

美国的发达缘自何因，对这一个问题，很难给出准确的答案。不过，有一点可以肯定，美国的发达绝非仅仅是社会制度使然，不能排除它是天时、地利、资源、手段、思路、人文、种族等诸多因素构成的合众体。

我们从所接触到的社会下层中了解到，美国本土人非常崇拜富兰克林，甚至称其为美国之父，因为他首先在电等方面的发明，给费城及全美洲带来了光明。依我看，美国人更应该感谢美洲新大陆的发现者哥伦布，因为他的惊奇一叫，才使后来人有可能开发了美洲。除此之外，是大自然恩赐了这里得天独厚和优越的地理位置、气候条件和丰富的资源。

一天晚饭后，我们在一家水果商场里看着驰名世界的加州香蕉、橙子和蛇果，不知是谁叨咕了一句：“看来，橘生北美则为橘啊！”陪同我们的翻译像介绍地理知识般地回答他的问题：“美国大部分位于暖温带和亚热带，适合于各种农作物、水果的生长，适宜的气温、丰富的降雨量给这儿的农业发达创造了优越的条件。”美国的牛羊肉、火腿、奶油十分充足缘自何因，翻译说主要是国土上有四分之一的面积是水草丰美的牧草区，所以这里畜牧业的发展有了天然的条件,使其肉类和乳制品产量居于世界前列。按说，大自然的鬼斧神工和社会制度没有必然联系吧，可它在实际上为这个国家奠基了文明。位于亚利桑那州东北部的“彩色沙漠”，是世界罕见的自然景观区，面积有 2 万平方公里，在明媚的阳光反射下，自然变化，色彩瑰丽，好一个世界奇观。

地理位置和国土面积与人口的比例，是我们正确认识美国发达的重要事实依据。美国大陆东西两岸都是辽阔广大、无边无际的海洋，西边是太平洋，东边是大西洋，南北两个邻邦都是资本主义发展较迟的弱国。美国本土又远离两次世界大战的中心地。美国有 937 万平方公里的国土，仅有 2.5 亿的人口，而我国有 960 万平方公里的国土，近 13 亿人口，人均国土面积显而易见。如果说，中国那句“人少好吃饭”的老话富有哲理，那么，我们这样一个泱泱大国解决了温饱问题或者温饱问题还没有解决得太好,也不足为奇。请读者原谅的是，这绝不是为我们某些方面还很落后而寻找借口，不妨举例：一个香蕉 2.5 人吃与 13 人吃，那人均肚皮内的香蕉占有量是不成比例的。我们看到，美国从西部到东部，可以说所有的城市的管理水平都非常高。在街头，在公共场所，几乎看不见垃圾，看不见人们随手扔果皮、扔纸屑，更未见人们乱扔烟头，随口吐痰。当然，我们不排除国民素质的差异，也不排除管理手段的异样。然而，2.5 人与 13 人生活在同等条件的环境里，或者管理 2.5 人的生活环境和管理 13 人的生活环境，具体说，在同样大的环境里，2.5 人与 13 人扔纸屑杂物，量上的对比是非常悬殊的，那环境的文明程度和管理的难度也是可想而知的。如此赘述，是说明中美发达程度的对比,人口与国土面积是一个核心的要素。如果离开这个基点，对比中美的发达程度所得出的结论是不科学的。

由于中美的社会制度、意识形态的不同，社会发展的手段更有本质上的区别。我们建设的是有中国特色的社会主义国家，我们的建设途径和发展手段不言自明。而美国近200年的发展史，是一部掠夺强占和发战争财、军火财的历史，是一部土地扩张、人口扩张的历史。美国独立后首先强占了印第安人的居住地，到了19世纪初，又向西兼并了英法和西班牙在北美西部的殖民地。美国由独立时的13个州扩张成现在的50个州，土地由独立时的94万平方公里，扩张成现在的937万平方公里。有了广大的地盘，就要有众多的人口来填充和管理，于是大量的移民为美国的殖民开发提供了廉价的劳动力资源。笔者查到的数据是，仅1821年到1975年从世界各国移入美国的人口共4709万，到现在移民的准确数据尽管难以查考，但就笔者此次美国之行所观察，这已经是一个人种混杂、肤色俱全的“联合国”。“移民还使美国能够以巨大的力量和规模开发其丰富的工业资源，以至很快摧毁西欧特别是英国迄今为止的工业垄断地位。”（引自《共产党宣言》）。

这个国家破坏世界和平，四处出兵，到处干涉别国内政，这是全球上有目共睹的事实。在以往世界性的讨伐中，人们一向多从政治上和帝国主义的本质上考虑问题，一般很少从发展的手段上进行剖析。回顾和反思凡是由美国一手挑起或直接参与的世界性战争或局部战争，就不难发现，每次战争的最终除了扬大国沙文主义之威外，无不大发战争财、军火财。在华盛顿，我们参观了两处令人深思的地方，一处是“韩战纪念墙”，呈三角形的用大理石镶嵌而成的墙面上刻着在朝鲜战争中牺牲的美军的名字，用英文写成的碑文除了类似“永垂不朽”的意思之外，还有如下的文字：“这是我们国家的荣誉，她的孩子们响应祖国的号召，去反击他们从未了解和接触过的一个国家。”末尾是“1950—1953·朝鲜战争”。另一处是“越战纪念地”，这是在平地上雕塑了许多荷枪实弹的美国士兵的造型，尽管生动而富有诗意，但此纪念地无疑在向全世界昭示美国是军事帝国，武力可以解决一切，时刻都向各国宣战。

应该说，美国发达的手段也是多元的，是世界上诸多的国家所不能借鉴和效仿的。例如，美国在其西北部拉斯维加斯的沙漠上，不惜重金建立了世界上最大的赌城。这里距洛杉矶 500 多公里，原是一块不毛之地，美国在 20 世纪 60 年代中期开始开发建设，现在已是到处富丽堂皇，流光溢彩，是典型的资本主义的乐园和寄生地。那里的赌场、妓院吸引刺激着世界各地的富豪们不远万里去奢侈、消费，去下赌注。到那里的飞机航班，人满为患。入夜远眺，从洛杉矶通往拉斯维加斯的高速公路上，往返的车灯汇成了一条奔腾的火龙。据说这种收入在美国的经济中占有相当的比重。权威的经济学家认为，这种发展思路不仅在中国不行，恐怕世界上多数国家都无法苟同。因为那里的一切无不是对人权的亵渎，无不充满铜臭味，无不充满尔虞我诈。资本主义的腐朽在这里体现得淋漓尽致，一夜之间，你可以成为百万富翁，也可以成为倾家荡产的乞丐。

百闻不如一见。此次美国之行，尽管时间短促，浮光掠影，但我们对所访问的国家是带着理性的思考，带着审视的目光，因此我们完全可以坚定这样的认识，那种“中国就是不如美国”的类比是简单的，不免有些幼稚和片面。

报业帝国面面观

SHI DAI YUE ZHANG

访问美国的报团、考察美国的报业，是我们此行的主要任务。我们乘飞机或汽车穿越落基山脉，横跨密西西比河，从西部到东部，无论是漫步繁华的闹市，还是匆匆于参观访问之中，林林总总的自动售报机和令人眼花缭乱的零售报摊，给我们一个深刻的印象。

▶ 中国报业代表团在洛杉矶街头考察报业自动售报机。

这是一个信息高度发达的国家，而信息的主要载体是报纸。美国的报业极其发达，在报纸、广播，电视这三大媒体中，报纸是处于龙头地位的，日报有两千多家、周报上万家。其中一个显著的特点是地方性极强，不同于我国有面向全国的综合性、权威性的《人民日报》、《经济日报》、《光明日报》、《中国青年报》、《工人日报》等。它除了创办较晚的《今日美国》外，实际上，绝少严格意义上的全国性的综合日报。即使办得很有影响的综合性报纸《纽约时报》、《华盛顿邮报》，也是更多地面向纽约和华盛顿地区的读者。正如《洛杉矶时报》的形象宣传册上所写："《洛杉矶时报》的中心议题（相当于我们的办报宗旨）是那些影响着上百万南加州地区居民的每日事件，事件的人物和发展——主人公、事件的来龙去脉、时间和地点。"就连资深的《华尔街日报》也更多地偏重于商业和金融方面的信息传播，其订户大都是商业大款和金融巨头。因此，在美国有"到一个地方看一个地方的报纸"之说。

美国西部时间 10 月 29 日 8 时，我们来到《洛杉矶时报》参观访问。这是世界上报纸的老字号——创刊于 1881 年 12 月，由明镜财团主办。平日刊发行 110 万份，居全美报业第 2 位，星期天刊发行 150 万份，在全美报业中发行量居第 4 位。这是一个庞大的报业托拉斯，有地区县郡版，其重要新闻同《洛杉矶时报》正版一样，其余均刊发地方新闻。报团有大规模印刷厂 4 个，有员工 4500 人，编辑部人员超过 1000 人，该报曾 20 次获普利策新闻奖。

应主人的邀请，我们到其读者市场服务部参观。这个部门介于我国各报社的群众工作部和发行部之间的边缘性部门，是编辑部和读者、订户、报纸市场之间的桥梁和纽带，其职责主要是反馈读者及订户的信息，如读者和订户对报纸有什么意见和要求，反映不平的事件和社会问题，对报纸的哪篇文章特别是批评性、评述性文章提出自己的看法，还要开辟什么新的栏目，需要发表什么新闻，包括对国家对州的政治、经济、文化、法制方面提出自己的主张，然后经过整理，报告给报团老板。老板对其意见、要求和问题一一过目，能回答的及时回答，能落实的立即落实，对不能解决或暂时办不到的、根本办不到的也说明原因。如果将订户的报纸错投、误投、漏投或丢失，发行部迅速补送，并道歉直至获得谅解。

走进《洛杉矶时报》读者服务部，只见一个偌大的办公室多人共用，不像我国许多新闻单位大都是两三个人一间办公室。尽管多人混杂在一起，订户和读者不断地打来电话，但看起来很有秩序，各忙各的，互不干扰。读者服务部值班经理卡罗盖莎介绍，这里的读者服务工作非常细致，为每个订户（当然都是自费的）都建立了档案，计算机里明晰地储存着订户姓名、职别、年龄、性别、住址，细到楼层和门牌号，甚至订户何时搬家、搬到何处、何时外出或有病住在哪个医院，读者服务部都了如指掌，并按其要求将报纸送到指定地点或所委托的人手里。他们（她们）不在家时，一般是不让将报纸放在门口的，以免招来小偷。“一张有影响的报纸，除了要有一批名牌的记者、编辑和评论员以外，读者服务最重要。”接待我们的读者服务部值班经理卡罗盖莎介绍情况一开始，就点到了关键性的话题。她说，“把报纸送到每个读者家里，是读者服务部最重要的工作，忠实的读者们哪怕报纸晚送到一两分钟，都会暴跳如雷，而其要外出时，就打电话到读者服务部，告诉报纸不用送了，不过这种情况报款还是照付。老读者时间长的有40多年，他们都是读者服务部的好朋友，这与经常开展的‘满意读者’的资料、信息分析收集不无关系。这种活动的本身就是与读者直接打交道、交朋友。读者服务部共有300多人，每天的主要工作就是与订户和读者保持着热线联系，当然主要是以电话为媒。”

《洛杉矶时报》的读者服务工作堪称一流。110万份的平日刊有80万份是送报上门，150万份的星期天刊有120万份送到读者家里。对常年的老订户实行价格优惠，低线在20%，高线达45%。对新订户和发行竞争激烈的地区也可以优惠到45%。“了解新闻，了解故事，请看《洛杉矶时报》”，这既无包装，又无溢美之意的促销口号，给读者以更多真诚与信任。《洛杉矶时报》能在全美报业的大战中久战不衰，恪守这一办报、发行方针，是其重要的秘诀。

美国东部时间11月2日9时，我们到访问的第二站——《华盛顿时报》。该报于1982年创刊，她与老牌的《洛杉矶时报》和她在大华府地区的竞争对手——《华盛顿邮报》相比，还是一个小字辈。不过，她十几年间的迅速崛起，已经成为美国各大报团不得不刮目相看的后起之秀。颇具见地的副总裁爱德华兹先生开宗明义，说明《华盛顿时报》的办报宗旨：“大华府地区是美国重要的政治中心，也是美国政策制定的最重要城市，在一个他们（指美国本土人）所说的民主化的社会里，要有多元化的声音。如果一家报纸垄断一个城市，那就会使这里的民主与政治走向畸形。《华盛顿时报》的出现，其正面意义就在于此。”

爱德华兹先生20年前来自英国的利物浦。交谈中他为他的故乡有英国的足球和摇滚乐城市之称而自豪。话头又转到了报纸上，他又告诉我们，像英国那样国土面积很小的国家，就有8万家全国性的报纸，其中有10万份的早报，40万份的晚报，全国性的报纸各地都能在早上送到读者手里，早报与晚报的明确分工就在于早报反映全国性的新闻，晚报主要报道当地社区性的新闻，读者一般都有选择自己喜欢的报纸的余地。他认为美国这样大的国家，很难做到像英国那样，很快将报纸送到读者手上。爱德华兹指责似地说，像美国20世纪50至70年代，出现的一家报纸垄断一个城市，而垄断了所有的广告业的情况，是不公平的竞争。因为报业的收入80%是广告的收入，20%是订报的收入，每份报纸售价是25美分，而报童送一份报18美分，印刷成本26美分，因此，各报团的老板们无不把眼睛盯向广告。由此得出一个概念：即报纸本身的亏损是世界性的问题。

谈到报业竞争，爱德华兹感到非常沉重，他说，作为报纸的发行人都知道，小报与大报竞争是十分困难的。在大华府地区，我们的竞争对手就是《华盛顿邮报》，我们仅有14年的历史，而他们已有30年的历史，订户比我们多得多。他话锋一转，充满自信地说："不过，我们十几年奋斗的成果是值得骄傲的，在别的报纸读者下降的时候，《华盛顿时报》每年发行量上升7%～9%。"进入20世纪90年代以来，在美国特别是在城市办报的困难，来自于人们获得信息的渠道越来越多，来自于人们生活节奏的越来越快。谈到怎样面对这样的挑战，爱德华兹的观点是，最重要的是把报纸办得与众不同。挤垮那些发行一万份左右、光靠广告赚钱的小报，也很重要。这些小报搅得报纸市场竞争越来越激烈，办报越来越困难。美国报业的挑战还来自于电子报章，因为上网是免费的，看电子报也是免费的，人们待在家里，打开电脑，皆知天下。《华盛顿时报》为了迎接这一挑战，也出了8版的电子报，他们认为，办报最重要的是把新闻和信息集中起来报道，满足读者。

在报纸的促销上，《华盛顿时报》是煞费苦心的。因为他们清醒地认识到，他们最大的竞争对手就是老牌的《华盛顿邮报》。如何把报纸送到读者手里，与《华盛顿邮报》竞争的呢？《华盛顿时报》发行总经理杰费瑞H.爱得沃滋向我们介绍了三种方法：最重要的是送报上门，二是自动售报机（包括报箱），三是把报纸送到学校，由老师帮助向学生推销。最近几年，美国的学生不断增加。在过去的十几年中，由于各种媒体的不断出现，学生已经不怎么看报了。而《华盛顿时报》的策略是，慢慢地把学生看报的兴趣培养起来，因此一年出12期的辅助报，报道学生和老师关心的问题，如针对学生的吸毒等问题，介绍其危害及有关预防的方法。因为华盛顿是美国的政治中心，为了让学生了解社会，还开辟专门栏目报道重要的政治新闻，介绍国会、白宫、五角大楼，以引起学生读者的兴趣。同时还开设商业性、体育性的专刊。如华盛顿有一支著名的足球队，他们就约主教练每周写两篇文章，介绍重要的比赛和著名的球员，这样调动了好多读者的读报兴趣。这种做法在美国报业并不多见。在周末开设汽车版、商业版，有针对性选择性地寄送给75000个商人老板。这种促销手段，使订户收入占《华盛顿时报》收入的30%。为了有效促销，《华盛顿时报》每天有450人送报上门，投设3800个报箱，2700个零售网点。为了增强竞争能力，发行部门与编辑部每天都进行沟通和策划，目的是要保证报纸登出来的新闻有时效性、真实性和可读性。同时要反馈别的报社要报道的内容，并有针对性地策划自己的报道对策，这样报纸才能卖得好。比如对总统大选，谁家报得好，才能卖得好。发行部门与编辑部的这种沟通不是所有的报纸都能做得到的。办报的与发报的脱节，即编辑部与发行部脱节，是世界性的问题，而《华盛顿时报》正是靠这种独到的促销方略，使报纸的零售达到55%，而美国其他的报纸一般只达到35%。

11月2日14时（美国东部时间），我们到《华盛顿邮报》集团公司参观访问。从副总裁真诚的欢迎里，我们感受到了这家久负盛名报纸的风范。从他的介绍中得知，这是居《纽约时报》、《洛杉矶时报》之后的美国一家大报，创刊于1933年，中间曾经倒闭过，后又买回来，三分之二实行家庭控股，A股不上市，很快办成了一家很有名的报纸，多次获得全美新闻最高奖——普利策新闻奖。

其发行量，平日刊 80 万份，星期天刊发行 110 万份，报纸多达 120 个版。有员工 2800 人，编辑记者 600 多人。集团公司还办有《新闻周刊》杂志和 6 家电视台及一些小的广播电台，有三个大印刷厂。报业的年收入为 7 亿 ~ 8 亿美金，其中 80% 是广告的收入。其经营策略，一是把周末和星期日看得非常重要，视这两天的版面为黄金版面，大的商家都争相刊登广告，因为周末人们都要从广告上获得信息，准备去买东西，去消费。一般的求职、招聘广告也要在周末或周日刊登，当然收费也要比平日高。二是肯于在发行上投入，每年报款收入 1.3 亿元，8000 万元用于发行投入。

由于时间匆忙，尽管我们考察的报社很少，情况吃得不透，但对美国报业的共性还是取得了几点认识：

A. **杂志化**。美国的报纸除了其印刷十分精美、大都是双面彩印之外，令我们新奇的则是版多页厚，明显的杂志化特点。我们所浏览到的报纸，少则 20 页，即 20 版，见到多的像《洛杉矶时报》有 440 页（版），据说这还不是最多的。就连那些发行量极少的城镇小报，也都是厚厚的一打，仿佛就是一本书。这种办报方式令我们不解。在与我们乘坐的大巴士司机的交谈中得知，美国的报纸之所以杂志化，目的是要在全美激烈的媒体竞争中以信息量大、可读性强而沉浮自主，不断地扩大订户。美国报纸的对手是广播和电视。因为美国人在汽车里的时间较长，每个汽车里又都有收音机；美国人的休闲时间多，经常待在家里，因此美国人获取新闻的渠道主要是广播和电视。多版报纸可以对新闻报道得详尽，多以新闻背景厚重、事件新闻透析和解释入理而取胜，进而占领读者市场。

B. **广告多**。广告是支撑美国报业不断发展的坚实支柱。多版报纸的优势，就是可以大量地刊登广告，无论是几十个版还是几百个版的报纸，广告都在一半或一半以上。尤其专刊专版、星期天版的广告就更多，有些专版一块版多少钱是明码实价的。事实上，这就是我国新闻界所不提倡的有偿新闻。在美国，没有一家报纸不是靠广告维系的。在全美的广告收入中，报纸广告收入每年约占500亿美元，约占全国广告收入的40%左右，较其他媒体如电视、广播、杂志的广告收入，居于绝对领先地位。尽管如此，在我们所接触到的报业巨头中，无一不说，总体上报纸的广告收入是下降的，下降的幅度在十几个百分点。广告业的激烈竞争，导致广告市场供过于求。为了增强广告的竞争力，在报业市场上独占鳌头，报业巨头们不惜在分类广告上投入成本，在广告的创意如广告语的语言魅力、广告的抽象和妙趣横生、广告制作的精美上凝聚匠心。可以说，美国许多报纸广告的制作水平是世界一流的，很多报纸的订户尤其是家庭主妇，订报的目的就是欣赏广告，当然也不排除从广告上获取有价值的新闻和信息。

C. **视订户和读者为上帝**。高度重视报纸发行工作，是美国报业的又一个突出的特点。由于报纸的广告收入是与报纸的发行工作密切相关，或者说，报纸的发行与广告收入成正比，即报纸的发行量多少决定广告价格的高低，因此，报业巨头们把报纸的发行工作看得相当重要。他们清醒地认识到，报业的竞争既是新闻、广告、印刷质量的竞争，更是发行服务信誉和质量的竞争，这主要包括是否有方便订户的发行方式、一流的投递质量和读者服务。

美国的报纸发行主要是自办发行，大体有报童送报到订户、自动售报机售报、报筒取报、邮局邮发四种形式。而送报到订户是发行的主渠道，各大报团由报童送报到家的报纸约占发行量的70%至80%，对各大酒店、宾馆订的报纸，也是送报到门。在我们代表团所住的宾馆，你每天早上起床后，一开门就可以在门口外边拿到一打当地的报纸。送报的都是报童，看样子一般都是十几岁的学生，他们每天课前或课后打上几个小时的零工，上学读书的开销基本可以自理。报童们的送报时间是准时的，送到订户的时间，周一至周五是早6点，周六是早7点，周日是早8点。

自动售报机是美国各地城市一道俏丽的风景线，遍布街头巷尾。这是不用人管理、无语言对话的“售报亭”，各报团的售报机式样各异，既相像于我们邮局的邮筒，又近乎于我们各加油站上的仪表箱，多为半人高的铁制方筒，上半部的前面镶着透明玻璃，人们从外边可以看到里边装的是何种报纸，只要在投币的装置处投够美分硬币，售报机就自动售出你需要的报纸。而投不足硬币报纸是不会自动出售的。其中的报纸价格不等，有的报纸一份 25 美分，有的是 50 美分，我们看到最贵的报纸高达 175 美分。经考察得知，美国大大小小的报团都安放了数量不等的售报机。我们在考察中曾试想，这些自觉工作的售报机，如果安放在一个国民素质很差的国家里，那售报机的命运会如何？其中的报纸又会怎样？简直不敢深想。

通过邮局邮寄，也是美国报纸的发行方式之一。尽管美国的交通高度发达，但对于路途遥远的订户，报团发行部也只能由人工填写订户姓名、地址，通过邮局直接邮寄报纸，甚至发特快专递，邮费当然由报社承担。邮寄的报纸数量各报不等，大体上占报纸发行量的 20% 左右。一般是影响越大、发行数量越多的报纸邮寄发行的数量越多。

美国报纸发行总体有 5 个环节：（1）发行人；（2）代理商；（3）投递商；（4）地区性分拣商；（5）投递人（报童）。报团发行部一般设置经理、副经理，其下有分管经营、报纸征订、报纸投递的高级管理员，分兵把口，其下有若干精干的业务人员。许多报社都有一个庞大的发行部，光摩托车、卡车司机就有上百人。每当报纸印刷完，他们蜂拥而至，驾车载报疾驰，把报纸送给投递商，再由投递商分发给投递人，投递人再按数量分发至售报机和订户。

D. **体制难以借鉴**。由于社会制度、意识形态、伦理道德、价值观念存在明显不同，在报业体制上不可能有借鉴之处，所以我们基本没有详细考察，只是粗线条地一般了解。不过可以肯定，美国报业的体制是五花八门的，总体上是财团办报、家族办报，这无疑形成了领导人和管理者的世袭制。《华盛顿时报》副总裁爱德华兹先生毫不隐讳地说：“家族办报有很多弊端，一定程度上阻碍了报业的发展，因此也不可能有什么民主而言。”美国报团一般都是大的财团，由总裁兼发行人，是报社的最高决策者，通常都是报纸的拥有者。其总编辑一般都是受雇于总裁或发行人的报纸业务方面的负责人。由总编辑聘用社论编辑和编辑主任。美国的报纸极重视社论，基本上是围绕一个热点、焦点问题每天一论。在美国，写报纸社论的人一般是报纸的主笔，他（她）和那些大牌的记者一样，是报社里的高薪阶层。每家报纸的社论选题，大都是围绕政治、经济、法制方面的问题，无非是为政治集团及其代表人物、财团、金融巨头鼓与呼。因此美国的舆论绝不是不讲政治，不是不参与政治，而不过讲的是资产阶级的政治。否则尼克松的“水门事件”就不会大白于新闻舆论之下。我们访美期间，正赶上总统大选，美国的各大媒体，因为受到各大党派和财团的控制和牵制，都不惜黄金时间和重要版面，有的为克林顿助威，有的为多尔呐喊。我们当时看到的《华盛顿时报》90%的倾向是支持共和党，而《华盛顿邮报》主要是支持民主党，实际是新闻舆论的巨大作用将整个大选炒得沸沸扬扬。其另一面也意味着美国的新闻并不自由。当年《华盛顿邮报》不正是由于涉足“水门事件”太深，所以才遭之厄运的吗？

写下上述的文字，我想告诉广大读者的，我既不常去美国或常住美国，更不是中美问题专家，因此，对一个世界性问题——中美问题或美国问题未必吃得透、说得准，好在读者定会“择其善者而从之，其不善者而改之”。

（发表于1998年）

时代的乐章

马加

《神圣与悲壮》[1]是我迄今看到的以反映石油题材为主的报告文学作品集。赵永河同志以他长期工作在油田的得天独厚条件，用饱蘸激情的文笔，为我们展示了我国石油工人的气概和风采，叙事写人、纪实抒情都具有鲜明的行业色彩。这是时代的乐章，是当代石油工人的赞歌。

永河同志的文学作品大都通过对石油人不同的命运、经历和复杂的内心世界的描写，展示了他们崇高的奉献精神，弘扬了时代的主旋律。虽然这只是一部文学新人的作品，但看得出作者已具有相当娴熟的文学技巧和驾驭素材的能力。《赤子的足迹》无疑是作者的得意之作。它以流畅的语言、优美的文笔，深刻地再现了主人公孙镇城历尽坎坷，心犹不悔，矢志报国的老一代知识分子的高尚情操。作者以报告文学的笔法，全方位、多侧面地描写了在我国第三大油田——辽河油田勘探开发和建设中科学的探索、改革的尝试、宏观的决策、建设者的拼搏，读来使人感到一种磅礴的气势。《"秘密武器"发现始末》，以跳跃的笔法，一波三折地描绘了辽河油田古潜山油藏发现的千回百转的艰难历程，在这里也值得一提。不同职业、不同性格的"石油人"都在作者的笔下栩栩如生地活了起来。这些人物身上有一个共同特点：拼搏、奉献、进取，这就是"石油魂"。

永河同志的笔下似鸣响着一曲曲时代的交响乐和变奏曲，大都以历史的横断面或石油工人的群像来突现从东北的"南大荒"到一座现代化石油城这一魔术般的沧桑巨变。透过《渤海湾上的明珠》、《南大荒上找油人》、《万马战犹酣》、《铸造企业之魂》等篇章，看到的是作者运用大量的笔墨凝聚了历史的变化，让人仿佛看到了当年创业者的雄姿，不仅使人感受到60年代石油工人那种“头戴铝盔走天涯，哪里有石油哪里就是我的家”的豪情壮志，更使人窥探到当今时代石油工人高尚的主人情怀——相互映衬，使“石油魂”的内涵更为深广。

永河同志的报告文学显示出多方面的文学技巧，颇具一点杂家的底蕴。有的一反粗犷的风格，以诗一般的韵律和浓烈的抒情色彩来赞美油花、钻塔、采油树、道道服……精雕细刻，匠心独运，读来自有一种别致的美感；有的则是作者内心爱憎的倾诉，对真善美的弘扬，对假恶丑的抨击，是他刚正不阿人格的写照。咏史抒情，有感而发，其中亦不乏精辟独到之处。

《神圣与悲壮》给人的印象是清新的，它歌颂的是我们时代的英雄，唱着时代生活的主旋律。全书语言隽秀流畅，人物生动、丰满，写的是我们不很熟悉却极想知道的“四化”建设中的一些普通角落。它是生活的体验，它记录了历史，也是属于历史的。我衷心期待着更多的文学工作者为人民写出更多的好作品来。

1990年8月于沈阳

❶《神圣与悲壮》，作者赵永河，辽宁大学出版社出版。

马加，东北作家群主要代表作家，原全国政协常委，辽宁省文联主席、作家协会主席，主要代表作有《开不败的花朵》、《江山村十日》、《祖国的东方》、《北国风云录》等。此篇是马加老为赵永河同志一九九〇年出版报告文学集《神圣与悲壮》时所写的序言。

后记

Afterword

本书付梓，心情难以平静，因为终将年轻时代的习作变成了专集，成为自己一生永久的记忆。值此之际，我谨向为本书稿提供素材帮助、文字润色、写作和出版指导、图片支持的张甸、王厚体、王永生、刘维石、孙志刚、陈学柏、张宝川、丁伟、包玉恒、戴尔义、国振东、王志明、徐秀澎、王晓达等老师、同志、同事、朋友一并致谢！

本书作者 2013 年 12 月于杭州